BASTEI
LÜBBE

GEISTERJÄGER

JOHN SINCLAIR

Jason Dark

DIE ZOMBIE-JÄGER

Horror-Roman

BASTEI LÜBBE

BASTEI LÜBBE TASCHENBUCH
Band 73 229

1. Auflage: Mai 2000

Vollständige Taschenbuchausgabe

Bastei Lübbe Taschenbücher
ist ein Imprint der
Verlagsgruppe Lübbe

Originalausgabe

Titelillustration:
Monica / Norma Agency, Barcelona
Umschlaggestaltung: QuadroGrafik, Bensberg
Satz: Fotosatz Steckstor, Rösrath
Druck und Verarbeitung:
AIT Trondheim AS, Norwegen
Printed in Norway

ISBN 3-404-73229-4

Der Nebel am Seeufer hatte sich gelichtet, und das Büchsenlicht war besser geworden.

Ace Lintock saß auf seinem Hochsitz und lächelte zufrieden. So genau hatte er es sich gewünscht. Ein klares und scharfes Licht. Ohne Nebel. Auch ohne Sonneneinstrahlung, die blendete. Beides konnte er nicht gebrauchen.

Der Jäger war ein Instinkt-Mensch. Und er war auch manchmal ein Einzelgänger, ebenso wie das Wild, das er jagte. Er würde den Menschenfresser noch an diesem Tag vor die Mündung bekommen. Daran hatte er nicht den geringsten Zweifel. Über Lintocks Rücken kroch ein Schauer, als er daran dachte. Er wußte nicht genau, wer oder was hier hauste, aber es gab glaubwürdige Zeugen, die von einem Kannibalen sprachen. Lintock hatte ihnen zugehört, ebenso wie seine drei Freunde. Da hatten sie beschlossen, den Menschenfresser zu jagen.

Nur gehörte Ace Lintock zu den ungeduldigen Menschen. Er wollte nicht so lange warten. Er brauchte den Erfolg so schnell wie möglich. Deshalb hatte er seinen drei Freunden nichts gesagt und war auf eigene Faust losgezogen. Er hatte sich auf eine spezielle Art und Weise vorbereitet. In seinem Rucksack steckte all das, was er für einen besonderen Beweis brauchte.

Er wußte nicht, wo sich der Kannibale aufhielt. Es gab gewisse Orte, an denen er gesehen worden war. Die Zeugen hatten immer nur voller Furcht gesprochen. Diese Gestalt war ein irres Wesen. Sie war ein grauenvolles Etwas. Sie war kein Tier, sie sollte sogar einem Menschen gleichen, aber da klafften die Vorstellungen doch weit auseinander. Wer Angst hatte, konnte keine genaue Beschreibung geben. Der See lag versteckt inmitten einer menschenleeren Natur. Auch der Hochsitz stand perfekt. Geschützt wurde er von mächtigen Bäumen, deren Blätter sich allmählich färbten.

An diesem Nachmittag hatte sich auch der Wind so gut wie schlafen gelegt. Ab und zu spürte Ace ihn auf der Haut.

Ace Lintock schob seine flache Mütze aus der Stirn und griff zum Fernglas. Eingestellt war es schon. Er drückte die weichen Wülste um seine Augen, schaute schräg nach unten und suchte langsam das Ufer des Sees ab.

Seine Sicht war gut. Die Natur stand hier auf seiner Seite. Vom Wald bis zum Ufer hin lag das Gelände frei vor ihm. Nur bewachsen mit Gras, mit nicht zu hohen Pflanzen und ein paar Büschen, die weit genug auseinander standen, so daß sie keine Verstecke bilden konnten.

Erst am Ufer wurde der Bewuchs wieder dichter. Da fiel das Schilfrohr auf, dessen harte Stäbe wie Gitter aufragten und sich langsam bewegten, wenn der Wind wieder einige flache Wellen produziert hatte, die zum Ufer hin ausliefen.

Das Fernglas holte alles zum Greifen nahe heran. Es war ein friedliches Bild an diesem Nachmittag. Es gab überhaupt keinen Hinweis darauf, daß dieser Kannibale auftauchen könnte. Seine drei Freunde hätten Ace Lintock ausgelacht.

Er lachte nicht. Er verließ sich mehr auf sein Gefühl. Da gab es die innere Stimme, die ihm sagte, daß etwas passieren würde und er an diesem Tag das Glück hatte.

Stück für Stück suchte er das Ufer ab. Nichts Verdächtiges war zu sehen. Alles blieb in dieser tiefen Stille. Tanzende Insekten zogen ihre Kreise über dem Wasser.

Etwas unzufrieden war Lintock schon. Er suchte jetzt die Oberfläche des Sees ab, wobei er sich hinstellte und einen besseren Sichtwinkel erhielt.

Das Wasser lag da wie grün eingefärbt. Es war kein großer See. Mehr eines der kleinen Gewässer in dieser Gegend, die sich vor Millionen von Jahren durch Verschiebungen und Eruptionen gebildet hatten.

Ein ruhiges Wasser mit wenig Wellen. An den Ufern noch dunkler als in der Mitte.

Hin und wieder bot ihm die Natur eine Szene. Da tauchte dann ein Fisch auf, der geschmeidig aus dem Wasser schnellte und nach dem einen oder anderen Insekt schnappte.

Ansonsten entdeckte er keine Lebewesen, auch nicht am gegenüberliegenden Ufer. Er wäre jetzt schon froh gewesen, hätte er den Kannibalen dort gesehen. Oder auch das Monster, das Raubtier, das sich verlaufen hatte, wie auch immer, aber die Umgebung des Sees blieb ebenso ruhig wie die beim Hochsitz.

Das Gras hatte noch die saftige Farbe des Sommers, der sich vom Kalender her längst verabschiedet hatte.

Seine Spannung hatte nachgelassen, aber sie kehrte zurück, als er plötzlich die Bewegung an seinem Ufer sah.

Das Blut schoß Lintock in den Kopf.

Da war etwas!

Er konzentrierte sich auf einen bestimmten Punkt. Es war eine Buschgruppe, deren Zweige sich zu den

Seiten hin neigten. Bestückt mit kleinen Blättern, die leicht zitterten und wegen ihrer Menge einen dichten Schutz bildeten. Trotz des Fernglases konnte er nichts in der Buschgruppe erkennen. Er verfolgte nur die Bewegungen der Blätter. Sie glitten von links nach rechts. Für ihn ein Beweis, daß sich jemand hinter oder in den Büschen bewegte.

Er war es!

Innerlich lachte er auf. Er mußte es einfach sein. Da gab es keine andere Möglichkeit. Lintock wartete darauf, daß sich das Wesen zeigte. Dann würde er zum Gewehr greifen. Ein Schuß und ...

Er dachte nicht weiter daran. Es würde noch dauern, bis sich der andere zeigte. Wenn er seinen Weg fortsetzte, mußte er die Deckung einfach verlassen.

Ace Lintock wurde vom Jagdfieber gepackt. Er kannte dieses Gefühl sehr gut. Es trat immer dann auf, wenn er dicht vor dem Ziel stand.

Ja, da kam etwas.

Und dieses Wesen bewegte sich auch weiter. Es kroch über den Boden. Das Buschwerk dünnte aus, und Lintock sah bereits ein dunkles Etwas, aber noch immer sehr schattenhaft.

Urplötzlich war die Gestalt zu sehen. Sie hatte die Deckung verlassen und kroch hinaus ins Freie. Für einen Moment blieb Ace Lintock noch starr stehen und schaute durch sein Glas. Jetzt, wo er tatsächlich das Ding gesehen hatte, kam es ihm beinahe vor wie ein Traum. Seine Freunde würden ihn beneiden. Sie hatten sich vorgenommen, den Killer oder wen auch immer gemeinsam zu finden.

Nun hatte er das Glück gehabt!

Das Ding wurde nicht mehr völlig durch das

Buschwerk verdeckt. Der größte Teil des Körpers lag frei, und zum erstenmal sah Ace Lintock, wen er vor sich hatte.

Es war ein Mensch!

Zumindest der Form nach. Einer, der Arme und Beine hatte. Der zwar kniete und sich am Boden festzukrallen schien wie ein Affe, der aber keiner war.

Das Wesen war nackt, es war kompakt. Es war auch groß. Das erkannte er trotz dieser gebückten Haltung. Es hockte im ufernahen Gras und starrte vor sich hin, und es wandte ihm den Rücken zu.

Idealer hätte es gar nicht kommen können!

Ace Lintock machte sich keine Gedanken über sein Vorhaben, das eigentlich Mord war. Er schoß hier nicht ein Tier ab, sondern ein Wesen mit menschlicher Gestalt.

Sehr langsam, aber doch zielgerichtet griff er zu seinem Gewehr.

Es war die perfekte Waffe für die Jagd. Ausgerüstet mit einem guten Zielfernrohr.

Ace Lintock bewegte sich langsam und vorsichtig. Nur keine Geräusche verursachen, die den anderen hätten stören können. Killer wie er waren sensibel. Sie achteten auf jeden fremden Laut und würden dann sofort reagieren.

Er hob das Gewehr noch höher.

Drückte das Ende des Schafts gegen die Schulter. Er spähte durch das Zielfernrohr. Dabei legte er seinen rechten Finger um den Abzug.

Er spürte die Kälte des Metalls und zugleich ein Prickeln. Dieses Gefühl war gut. Da war er angespannt und höchst konzentriert.

Das Wesen hatte sich nicht bewegt. Es schien direkt

auf ihn zu warten, ihn zum Schuß einzuladen, das grenzte schon an Dummheit.

Der gebogene Rücken tauchte im Fadenkreuz des Zielfernrohrs auf.

Jetzt bewegte er seinen rechten Zeigefinger. Alles lief ab wie immer.

Einatmen. Nicht zu tief. Ruhe behalten.

Dann schoß er!

Der peitschende Knall zerriß die Stille und bildete ein Echo, das durch die Bäume jagte und sich dann über dem See verlor.

Treffer! Der Blattschuß. Die Kugel war in den Rücken der Gestalt geschmettert und hatte sie durch ihre Einschlagwucht zu Boden getrieben. Das Wesen war nach vorn gefallen, ein Stück über den feuchten Boden gerutscht und dann liegengeblieben.

Einen zweiten Schuß brauchte Acc Lintock nicht abzugeben.

Er sah das Wesen bewegungslos im Gras liegen. Er schaute noch einmal durch die Optik. Sie holte die Beute so nahe heran, daß er sogar das Einschußloch im Rücken der Gestalt entdeckte.

Lintock atmete tief durch. Dann war es mit seiner Beherrschung vorbei. Er stieß einen Triumphschrei aus, ballte die rechte Hand zur Faust und stieß den Arm vor.

Er fühlte sich nicht mehr wie ein Jäger. Eher wie ein König, dem die Welt gehörte. Er war der Sieger und hatte es allen gezeigt. Es gab keinen Menschenfresser. Zumindest nicht lebendig. Tot lag er im Gras, und dieses Gefühl auszukosten, war etwas Besonderes.

Ace Lintock setzte sich auf die rohe Bank. Von oben her fiel der Schatten des kleinen Dachs auf ihn herab.

Seine Gefühle waren wieder da. Die kalte Luft spürte er jetzt deutlicher, und vor seinen Lippen kondensierte der Atem.

Teil eins seiner Aufgabe hatte er hinter sich gebracht. Die Welt war von einer Bestie befreit worden.

Teil zwei lag noch vor ihm. Lintock war überzeugt, daß auch hierbei alles glattgehen würde ...

Obwohl es ihn drängte, überstürzte er nichts, hob den Rucksack, der neben ihm stand, in die Höhe, hängte ihn sich um und nahm erst dann sein Gewehr hoch, das seinen Platz über der rechten Schulter fand.

So gerüstet machte sich Ace Lintock an den Abstieg vom Hochsitz.

Ace Lintock blieb noch einen Moment vor der Leiter stehen und wartete darauf, daß das leichte Zittern seiner Hände verschwand.

Sein Erfolg hatte ihn aufgewühlt. So lange war hinter dieser Bestie oder dem Monstrum hergejagt worden, und ihm war es gelungen, das Wesen zu töten. Wenn ihm das jemand in der letzten Woche gesagt hätte, er hätte ihn ausgelacht.

Seine Stiefel durchpflügten das Gras, als er auf den See zuging. Noch immer sehr angespannt und vorsichtig.

Er nahm das Gewehr wieder in die Hände und richtete die Mündung auf den dunklen Körper. Der Kannibale trug keinen Fetzen Kleidung am Leib, und das Einschußloch auf seinem nackten Rücken sah aus wie ein kleiner Krater.

Der Boden wurde weicher. Hin und wieder breitete

sich der See nach starken Regenfällen aus und trat dabei weit über die Ufer. Selbst die Strahlen der Sonne im Sommer schafften in dieser kleinen Region nie, den Boden völlig zu trocknen.

Der Herbst hatte sich bereits angemeldet. Erste, lose Blätter sanken taumelnd dem Boden entgegen.

Noch einmal klopfte sein Herz schneller, als er neben seinem Opfer stehenblieb.

Er trat mit dem Fuß gegen den Körper.

Keine Reaktion.

Lintock war zufrieden. Er hängte das Gewehr noch nicht um, sondern lehnte es gegen die biegsamen Zweige eines Buschs. Danach löste er seinen Rucksack und stellte ihn auf den Boden.

Die Kugel hatte ein tiefes Loch in den Rücken der Gestalt gerissen. Das Gesicht sah er nicht, da der Erschossene auf dem Bauch lag. Er würde ihn später herumdrehen, um möglichst alles auf den Film zu bekommen.

Die Natur spielte mit.

Das Licht war günstig. Er brauchte nicht einmal eine besondere Beleuchtung. Aber das konnte sich schnell ändern. So gab er sein Vorhaben auf, den Erschossenen genauer zu untersuchen und ihn sich von allen Seiten anzusehen.

Der Nackte sah tatsächlich aus wie ein erlegtes Tier. Sein Haar wuchs wirr auf dem Kopf. Es wirkte wie Draht, zwischen dem Blätter und Lehm klebten.

Viel Blut sah er nicht. Aus der Wunde war nur eine dünne, wäßrige Flüssigkeit getreten, die leicht grün aussah. Das allerdings konnte auch an den Lichtverhältnissen liegen. So genau wollte sich Lintock da nicht festlegen.

Das Opfer lag günstig. Er brauchte es nicht in eine andere Lage zu rücken.

Aber die Entfernung zwischen ihm und der Kamera mußte stimmen. Aus dem Rucksack holte Lintock die entsprechenden Gegenstände. Zuerst die Video-Kamera, die er zur Seite legte, weil er das Stativ aufbauen wollte.

Er arbeitete schnell, aber konzentriert. Jeder Handgriff saß. Hin und wieder bedachte er den Erschossenen mit einem schnellen Blick. Die Gestalt war und blieb tot. Sie rührte sich nicht.

Das Stativ stand.

Jetzt mußte er nur die Video-Kamera darauf befestigen. Sie war auf dem neuesten Stand der Technik und stellte sich automatisch auf die Lichtverhältnisse der Umgebung ein. Das alles brauchte er auch, aber am wichtigsten war für ihn der Selbstauslöser. Er sollte später seinen Triumph für die Nachwelt festhalten und dokumentieren, wie gut er war.

Zuerst aber filmte Lintock selbst. Er stellte sich hinter die Kamera, schwenkte sie und zeichnete so auch die Umgebung auf, in der er sich befand. Bei diesen Dokumentationen ging er immer gründlich vor. Nichts wollte er vergessen, alles mußte immer so laufen, wie er es geplant hatte.

Erst ziemlich am Schluß richtete er das Auge der Kamera auf das eigentliche Ziel.

Auf dem seitlich angebrachten Kontroll-Monitor verfolgte er seine Arbeit. Er war zufrieden. Die Leiche des Kannibalen war voll und ganz auf dem Bild. Als ihm der Begriff wieder durch den Kopf fuhr, wurde er unsicher. War es wirklich der Typ, der Schafe, Schweine und Rinder gerissen hatte?

Es war kaum vorstellbar. Aber es hatte Zeugen gegeben, unter anderem einen Schäfer. Er hatte die Beschreibung abgegeben, und sie stimmte tatsächlich mit der Wirklichkeit überein. Das war ähnlich wie bei dem Yeti im Himalaja. Nur hatte Ace hier den perfekten Beweise erbracht. Darauf war er stolz.

Die Kamera lief weiter, während er sich von ihr wegbewegte.

Er hatte sie jetzt auf Automatik gestellt und brauchte sich nicht um das Gerät zu kümmern.

Was er nun vorhatte, war gute alte Jägersitte. Er wollte sich neben die erlegte Beute stellen und sich dabei auf den Film bannen lassen. Erst diesen Moment auskosten und später das ›Wild‹ herumdrehen, damit man es auch von allen Seiten sah.

Das Gewehr hängte er sich wieder über. Es war die typische Pose, auf die Ace nicht verzichten konnte. Bilder wie diese machten ihn stolz, wenn er sie seinen Freunden zeigte.

Sie würden staunen.

Sie würden den Mund gar nicht mehr zubekommen. Sie würden ihn verfluchen, sie würden sauer auf ihn sein, aber sie hätten alles selbst haben können. Er hatte den Vorschlag gemacht, ihn zu begleiten, doch darauf waren sie nicht eingegangen.

Stolz baute er sich neben seiner Beute auf. Er lächelte. Sehr aufrecht hatte er sich hingestellt. Das rote Licht leuchtete, die Kamera lief also. Sie würde alles für die Zukunft bewahren.

Er lächelte jetzt breit. Ja, so lächelten Sieger, so ...

Das Lächeln verschwand schlagartig.

Plötzlich nahm sein Gesicht einen genau gegensätzlichen Ausdruck an. Aus der Freude wurde Panik, denn den Griff um seinen rechten Knöchel bildete sich Ace Lintock nicht ein.

Es blieb nicht dabei.

Nach drei, vier Sekunden veränderte sich der Griff, und plötzlich wurde daraus ein Ruck.

Ace Lintock fiel nach hinten. Er wußte in diesen für ihn langen Augenblicken nicht, was er denken sollte. Sein Kopf war in den Nacken gekippt, und er hatte seinen Blick in den Himmel gerichtet. Der Himmel und auch die Kronen der Bäume gerieten in einen zackigen Tanz, als er sich noch während des Falls drehte, und dann den Aufschlag spürte, der ihn vom Kopf bis zu den Füßen erwischte.

Ace Lintock hatte sich geirrt. Die Gestalt war nicht tot. Und er wußte auch, was das bedeutete ...

Daß die Kamera lief und alles aufnahm, kam ihm dabei nicht in den Sinn. Ace dachte nur daran, sein Leben zu retten. Seine Chancen standen schlecht. Zudem war er unglücklich gefallen. Zuerst auf den Rücken, dann auf die rechte Seite. So hatte er das Gewehr unter sich begraben.

Hinzu kam der Schock. Er fühlte sich völlig steif. Er konnte sich nicht bewegen. Um seinen Körper herum schien ein Panzer aus Stahl oder Eis zu liegen.

Dafür waren seine Sinne scharf. Sogar überdeutlich hörte er das Rascheln in seiner Nähe, dann ein Stöhnen, das sich weniger menschlich und mehr urweltlich anhörte, als wäre ein längst ausgestorbenes Wesen dabei, sich hinter ihm aufzurichten.

Genau das mußte er auch tun. Er war nicht verletzt. Er konnte sich bewegen, und er besaß noch sein

Gewehr. Es blieb bei dem Versuch. Was er geahnt hatte, war längst eingetreten. Der andere stand bereits auf seinen Füßen, und er bückte sich sofort. Eine harte Pranke erwischte den Jäger in der Drehung und zog ihn hoch wie ein Stück Holz.

Die Bewegung war heftig. Das Blut schoß Lintock in den Kopf. Dabei rutschte das Gewehr noch von seiner Schulter und landete unerreichbar für ihn im Gras.

Der Kannibale brauchte nur eine Hand, um ihn zu drehen. Und plötzlich sah er ihn von vorn.

War das ein Mensch?

Er war größer als Ace. Er war ein Urvieh. Er besaß einen Kopf und ein Gesicht, das eigentlich keines war. Ein urwelthafter Auswuchs, eine flache Nase, eine hohe Stirn, ein breites Maul mit kräftigen Zähnen und starre Augen.

In seinem Körper steckte die Gewehrkugel, aber sie hatte ihm nichts getan. Er lebte noch immer. Er war nicht einmal angeschlagen.

Ace Lintock wußte nicht, wie lange er in das Gesicht dieser fremden Gestalt geschaut hatte. Es waren nur Sekunden, doch sie kamen ihm wie Minuten vor. Er hörte auch die röchelnden Laute, die aus dem offenen Maul wehten, aber sah nicht, wie dieser Kannibale seine freie Hand zur Faust ballte.

Damit schlug er zu.

Die Faust traf Lintock wie ein Stein unterhalb der Magengrube. Was er in den folgenden Minuten an Schmerz empfand, war einfach furchtbar. Das löste sich nicht mal in einem Schrei auf. Er rang um Atem und sah den Kannibalen nur verschwommen.

Der nächste Schlag traf sein Gesicht.

Er hörte es noch klatschen, dann hatte er das

Gefühl, der Kopf würde ihm zerrissen werden. Etwas explodierte um ihn herum, auch in ihm, und der nächste Treffer wuchtete direkt auf seinen Schädel.

Wo Lintock stand, brach er zusammen.

Das Monstrum war zufrieden. Zuerst schaute es auf seine Hände, dann bückte es sich. Es war kein Atem zu hören, nur ein Schmatzen durchdrang die Stille. Es konnte mit einer gewissen Vorfreude auf das Kommende verglichen werden.

Der Kannibale bückte sich, dann ließ er sich am Boden nieder. Direkt neben seinem Opfer.

Er riß es zu sich heran und legte es dicht neben sich. In den Augen erwachte die Gier, dann senkte der Kannibale den Kopf, um wenig später seinem Namen alle Ehre zu machen.

Daß eine Kamera alles aufnahm, bekam er nicht mit …

Bill Conolly hatte versprochen, Glenda, Suko und mich zum Mittagessen einzuladen. Suko und ich waren zu unserem Stamm-Italiener gegangen, aber Glenda hatte darauf verzichtet, weil sie einen dringenden Termin beim Optiker wahrnehmen mußte. Sie war mal wieder mit ihrer Brille unzufrieden, die sie hin und wieder trug.

Bill kam nicht.

Zumindest war er nicht pünktlich, und ich schielte schon begehrlich auf den Nebentisch, wo zwei Kollegen saßen und sich die leckeren Nudeln zwischen die Zähne schaufelten. Wenn ich über unseren Tisch blickte, dann sah ich nur die Wasserflaschen.

Das Restaurant gehörte zu den Lokalen, in denen

Handys nicht verboten waren. Es verkehrten einfach zu viele Kollegen hier, und oft wurden sie durch dringende Anrufe vom Essen weggeholt.

Diesmal meldete sich mein Handy.

»Wer stört?« fragte ich.

»Dein lieber Freund Bill.«

»Der uns hier verhungern läßt.«

»Der liebe Freund steckt noch in einem Stau.«

»Typisch. Du hättest auch mit der U-Bahn fahren können. Aber das hat der kleine Macho ja nicht nötig.«

»Ihr könnt schon bestellen.«

»Mal sehen. Wann kannst du hier bei uns sein?«

»Ich versuche, mich zu beeilen.«

»Wir können uns auch im Büro treffen.«

»Nein, nein, eßt mal was. Ist vielleicht sogar besser, wenn ihr damit fertig seid, bevor ich eintreffe.«

»Warum?«

»Ich komme nicht zum Spaß, John.«

Seine Stimme hatte plötzlich sehr ernst geklungen, und ich sagte nur: »Gut, dann bis gleich.«

Suko schaute mich fragend an. Ich erklärte Bills Problem und sprach auch von seinem Vorschlag.

»Gut, dann nehme ich mir den Vorspeisenteller. Das reicht völlig aus.« Er stand auf und ging zum Buffet.

Bills letzte Worte hatten mich nachdenklich gemacht. Wenn er in diesem Tonfall sprach, hatte er Probleme, die ihm selbst unter die Haut gegangen waren. Es kam nicht oft vor, daß er seine Lockerheit verlor.

Suko kehrte zurück und stellte den Teller ab. Er hatte ihn mit allem möglichen gefüllt. Mit gebackenen Auberginen, die neben den dünnen Kalbfleischscheiben mit der hellen Soße lagen. Schinken, Käse, eingelegte Zwiebeln, ein paar Salami-Scheiben, und sogar etwas Grünfutter verteilte sich auf dem Teller.

»Bist du ausgehungert?«

»Nein, aber die Masse täuscht. Es ist alles sehr dünn geschnitten worden. Außerdem verzichte ich auf das Hauptgericht, wenn du damit zufrieden bist.«

»Das will ich wohl meinen.«

Suko griff nach dem Besteck. »Du ißt nichts?«

Ich schüttelte den Kopf.

»Warum nicht?«

»Ich habe keinen Appetit mehr.«

Suko glaubte mir die Ausrede nicht so recht, denn er schaute mich schräg von der Seite her an. Aber er ließ es sich schmecken, und ich griff statt dessen zum Wasserglas.

Jetzt war ich wirklich gespannt auf Bills Erscheinen und seine schlechten Neuigkeiten.

Der Stau mußte dichter sein, hinzu kam die Suche nach einem Parkplatz, und so vergingen fast zwanzig Minuten, bis er im Restaurant auftauchte. Suko hatte seinen Teller inzwischen leer gegessen und zur Seite geschoben.

Bill ließ sich auf einem freien Stuhl am Tisch nieder, begrüßte uns durch ein Nicken und zog die weiche rehbraune Lederjacke aus, die er über die Stuhllehne hängte.

»Ist Glenda nicht hier? Oder ist sie schon gegangen?«

»Gar nicht gekommen«, klärte ich ihn auf. »Sie hat einen Termin beim Optiker.«

»Ach ja, mal wieder eine neue Brille.«

»Kann sein.«

Bill Conolly grinste Suko an. »Aber dir hat es geschmeckt, wie ich sehe?«

»Das kann ich nicht bestreiten.«

»Was ist mit dir, John?«

»Nach deinem Anruf habe ich auf meinen kleinen Lunch verzichtet. Es hörte sich an, als würde die Hütte brennen.«

»Kann sein. Vielleicht sogar der ganze Wald.«

»Dann erzähle mal.«

»Nein, noch nicht. Ich möchte euch etwas zeigen. Eine gewisse Laura Lintock hat mir etwas geschickt, und diese Fotos sind tatsächlich ein Hammer. Sie hat ja auch einen Videofilm, aber alles der Reihe nach.«

»Meine ich auch.«

Bill griff in die Innentasche seiner Lederjacke und holte einen braunen Umschlag hervor. Bevor er ihn öffnete, schaute er sich um, aber die Gäste an den anderen Tischen zeigten kein Interesse an uns. Fünf Aufnahmen holte er hervor und deckte sie der Reihe nach auf, wobei er sie mit seinem Körper abschirmte, was auch nötig war, das sahen wir in den nächsten Minuten.

Suko und ich erbleichten.

Die Motive der Fotos waren ungeheuerlich. So schrecklich, daß wir uns beim Betrachten vorkamen wie in die Urzeit versetzt, wo Menschen noch Kannibalen gewesen waren. Die Bilder zeigten genau dies. Eine schreckliche Gestalt, die so etwas mit großem Genuß tat.

»Steck sie weg!« flüsterte ich.

»Ja, das wollte ich gerade.«

Suko schaute auf seine Hände. Auch ihn hatten die Aufnahmen erschüttert. Er fragte dann mit leiser

Stimme. »Wenn du sie uns so zeigst, können wir davon ausgehen, daß sich der Absender keinen Spaß mit dir erlaubt hat.«

»Nein, das hat Laura Lintock nicht getan.«

»Wer war der Mann?« flüsterte ich.

»Ace Lintock. Lauras Mann.«

»Und mit ihm ist das geschehen, was wir hier auf den verdammten Fotos gesehen haben?«

»Ich kann es nicht leugnen.«

»Du glaubst Laura?« fragte Suko.

»Bestimmt.«

»Kennst du sie?«

Bill nickte.

»Ich habe sie zwar lange nicht gesehen, doch vor ihrer Heirat war sie eine Kollegin von mir. Wir haben hin und wieder gemeinsam einen Artikel verbrochen, aber Laura wußte immer, daß ihr der Job bei der Zeitung einfach zu stressig war. Sie lernte dann Ace Lintock auf einem Jagd-Kongreß kennen und heiratete ihn wenige Wochen später. Ich habe hin und wieder mal eine Karte aus dem Urlaub von ihr bekommen, ansonsten hat sich unser Kontakt doch stark abgekühlt. Und jetzt hat sich Laura an mich gewandt.«

Ich deutete auf den Umschlag. »Nur durch das Verschicken dieser Fotos?«

»Nein, natürlich nicht. Wir sprachen zuvor telefonisch miteinander.« Er bekam sein Wasser serviert und trank einen Schluck. »Sie war völlig aufgelöst, denn sie hat ihren Mann gefunden und auch den Film, auf dem sein Ende ...«

»Ich unterbreche dich ja nicht gern«, sagte ich, »aber wäre es nicht besser, wenn du von vorn beginnst?«

»Okay.« Bill setzte sich bequemer hin. »Es ging

darum, daß Ace Lintock und drei seiner Jagdfreunde einen Kannibalen jagen wollten, der die Gegend unsicher macht, in der sie leben. Das Gebiet liegt im Norden Englands, in Cumbria. Recht einsam ist die Landschaft, aber nicht ohne Reiz.«

»Ein Kannibale?«

»So wußte man es, Suko.«

»Und dann ist Lintock allein losgezogen, um dieses Ungeheuer zu jagen?«

»Warum tat er es?«

»Weil er sich die Meriten an seine Brust heften wollte. Er hat sogar alles aufgenommen. Ich habe den Film nicht gesehen und muß mich da auf Lauras Erzählungen verlassen. Er hatte auf die Bestie gelauert. Man sah sie als Kannibale und als Zombie an. Ace hat sie auch getroffen, das zweimal. Optisch und mit der Kugel. Er ist dann an die Stelle gegangen, wo der Zombie oder der Kannibale lag und hat seine Kamera auf Automatik gestellt, um seinen Sieg für die Nachwelt festzuhalten. Leider auch seinen Tod in fast allen Einzelheiten. Der Zombie ist dann mit den Resten verschwunden.«

»Mein Gott«, sagte ich und schüttelte den Kopf. »Das darf doch nicht wahr sein!«

»Ist es aber.«

»Wie kam denn Laura Lintock an den Film?« wollte Suko wissen.

»Die beiden waren verabredet. Sie hatten eine Zeit ausgemacht, um sich an einem bestimmten Ort zu treffen. Ace kam aber nicht, und so fuhr Laura dann los zu seinem Hochsitz. Dort fand sie dann die Kamera in der Nähe. Sie fand das Gewehr, den Rucksack und einige Kleidungsfetzen von ihrem

Mann, aber ihn selbst fand sie nicht. Er war verschwunden.«

»Was tat sie danach?« fragte ich.

»Sie hat sich nicht an die Polizei gewandt, John, wenn du das meinst. Leider sah sich Laura zuerst den Film an. Ihr könnt euch vorstellen, welch ein Abgrund sich da auftat. Sie wollte es nicht glauben, aber sie sah es mit eigenen Augen. Sie hat dann einige Beweisfotos gezogen, als es ihr wieder besser ging und hat sie mir geschickt, nachdem wir miteinander telefoniert haben.«

»Warum gerade dir und nicht der Polizei?«

»Deine Kollegen hätten ihr nicht geglaubt. Das war zumindest Lauras Ansicht. Sie wollte auch keine Fragen beantworten. Es gibt auch bis jetzt noch keine Spur von ihm, und ich denke, wir werden auch höchstens noch Knochen finden können. Nun ja, Laura erinnerte sich wieder an mich. Du weißt ja, ich habe mich schon früher immer mit etwas aus dem Rahmen fallenden Fällen beschäftigt. Sie war der Meinung, daß ich ihr glaubte, und darin hat sie sich nicht getäuscht.«

Wir schwiegen. Ich schaute Suko an, er mich. Um uns herum war das Stimmengewirr zurückgedrängt worden. Ich zumindest kam mir vor, als säße ich unter einer Glocke.

»Echt?« fragte ich leise über den Tisch hinweg.

Bevor Suko sich äußern konnte, griff Bill ein. »Hör mal zu, John, glaubst du nicht, was du da eben gesehen hast?«

»Nicht so hastig, Bill. Reg dich nicht auf. Das hat nicht einmal viel mit meinem Glauben zu tun. Du weißt doch am besten, wie leicht es ist, Fotos zu manipulieren.«

»Ja, das weiß ich.« Er schlug auf den Tisch. »Aber diese Aufnahmen sind nicht manipuliert, verflucht. Die sind echt. Du hast nicht mir ihr telefoniert.« Er schaute mich starr an. »Aber ich. Und ich weiß, wann ein Mensch lügt und wann nicht. Auch oder gerade bei Laura, die immer mit beiden Beinen fest auf dem Boden der Tatsachen gestanden hat. Das ist keine Finte, John, davon können wir ausgehen, verdammt!«

»Ja, ja, Bill, ich glaube dir. Aber du weißt selbst, worauf ich hinaus wollte.«

Suko kam wieder zum Thema. »Es gibt diesen Kannibalen oder Zombie also. Das haben wir gesehen. Wie kommt es? Wie ist das möglich? Ist er wirklich ein lebender Toter oder was auch immer? Oder ist er nur ein völlig verwilderter Mensch?«

»Zunächst einmal, so sagt Laura Lintock, ist ihr Mann das bisher einzige menschliche Opfer.«

»Ah – menschliche. Es gab also andere?«

»Das nicht zu knapp. Schweine, Kühe, Hunde, Katzen, was weiß ich. Sie wurden gerissen und zum großen Teil gefressen. Er hat diese Gegend schon seit längerem unsicher gemacht, und er ist auch von einem Schäfer gesehen worden. Dessen Angaben dienten Lintock und seinen Freunden als Basis, um den Kampf gegen diese Gestalt aufzunehmen. Wie sie es geschafft haben, weiß ich nicht, doch sie fanden den Platz am See in der Nähe des Hochsitzes, wo er hin und wieder auftauchte. Ace Lintock ist dann ausgebrochen. Er wollte alles allein durchziehen und die Lorbeeren ernten. Was mit ihm passierte, habt ihr ja gesehen.«

Das brauchte Bill nicht zu wiederholen. Ich fragte ihn: »Was hat dir Laura denn noch gesagt? Oder besser: Um was hat sie dich gebeten? Daß du zu ihr kommst?«

»Natürlich. Sie wußte ja nicht, an wen sie sich sonst wenden sollte. Ich habe ihr noch nichts versprochen, weil ich zunächst mit euch reden wollte.«

»Du willst also nicht allein hochfahren?« fragte Suko.

»Nein.«

»Was sagt Sheila?«

»Sie ist einverstanden. Sheila kennt Laura Lintock. Die beiden waren sich sympathisch.«

»Hat sie die Fotos gesehen?« fragte ich.

»Nein, John, wo denkst du hin? Ich hätte sie ihr auf keinen Fall gezeigt. Ich habe es ihr nur erzählt, so wie euch, und sie fragte auch, ob sie sich um Laura kümmern sollte, aber das möchte ich nicht entscheiden.«

»Verstehe ich«, sagte ich. Dann blickte ich Suko an. »Was ist? Reisen wir in den Nordwesten?«

»Ich habe mich schon längst entschlossen.«

»Wo müssen wir hin? Ich meine, wo lebt Laura?«

»In Kirkland.«

»Kenne ich nicht.«

Bill winkte ab. »Ist auch keine Bildungslücke. Das Kaff liegt ziemlich einsam. Es gibt mehrere kleine Gewässer in der Umgebung, auch Zeltplätze, die zu dieser Jahreszeit jedoch kaum belegt sind.«

»Wann sollten wir fahren?«

»Das liegt an euch, John. Sie wie ihr hier wegkommt.«

»Das würde sehr schnell klappen.«

»Okay, dann nehmen wir den BMW«, schlug Suko vor, übernachten irgendwo und sind morgen am Ziel.«

Dagegen hatte niemand etwas einzuwenden. Bill war trotzdem skeptisch, denn er fragte, was Sir James Powell, unser Chef, wohl dazu sagen würde.

»Was meinst du, was geschieht, wenn ich ihm die Bilder zeige.«

Der Reporter lächelte. »Alles klar – und danke ...«

Zuerst hörten Laura Lintock, Sean Carlesi und Robert Wilson die würgenden Geräusche. Wenig später das Rauschen der Toiletten-Spülung und dann ein abgrundtiefes Stöhnen.

Ihnen, den im Zimmer Zurückgebliebenen, ging es auch nicht viel besser als Truman Black, und Laura machte sich schon Vorwürfe, daß sie die Freunde ihres Mannes überhaupt in die Wohnung geholt und eingeweiht hatte.

Es war letztendlich doch besser gewesen, ihnen den schrecklichen Film zu zeigen, damit sie wußten, was möglicherweise auf sie zukommen konnte.

Im Moment waren Wilson und Carlesi sprachlos. Sie wirkten auch nicht mehr wie die Kerle, die kein Sturm der Welt umhauen konnte, die so gern gemeinsam auf die Jagd gingen, sie waren einfach fertig.

Robert Wilson, der Mann mit den blonden Haaren und dem Knebelbart, umklammerte eine Whiskyflasche so hart, als wollte er sie zerbrechen. Eine zweite stand in Lauras Nähe, auch sie hatte einfach trinken müssen. Rob schüttelte immer wieder den Kopf, manchmal war ein Stöhnen zu hören. Beinahe scheu schaute er auf den jetzt grauen Schirm des Fernsehers, als befürchtete er, daß jeden Augenblick wieder dieses menschenmordende Gespenst auftauchen könnte. Der dunkelhaarige Restaurant-Besitzer Sean Carlesi, eine Mischung aus Ire und Italiener, sagte nichts. Er hatte die Hände vors Gesicht geschlagen, und seine Schultern zuckten hin und wieder, weil er weinen mußte.

Er war so fertig wie Wilson und natürlich auch Truman Black, dessen Tritte sie jetzt hörten. Er kehrte zurück, und er ging langsam. Sein Gesicht war grün und bleich zugleich, als er das Zimmer betrat und sich in einen Sessel fallen ließ. Er strich mit beiden Händen über seine Lederweste hinweg und atmete tief durch. Er war der Älteste aus dem Trio, schon Witwer und knapp vor der Sechzig. Sein Haar war längst grau geworden, das Gesicht faltig, und er sah jetzt noch älter aus als bei der Ankunft. Er griff in die Tasche, holte seine Brille hervor und setzte sie wieder auf.

Carlesis Arme sanken nach unten. Er rieb über seine geröteten Augen. Dann griff er zitternd nach seinem Glas und kippte den Whisky mit einem Ruck in die Kehle.

Laura Lintock, die ein graues Baumwollkleid trug, übernahm wieder das Wort. Ihre Stimme klang tonlos, aber auch entschlossen, als sie sagte: »Ich habe lange überlegt, ob ich euch dieses Dokument überhaupt zeigen sollte. Bin dann zu dem Entschluß gelangt, daß es besser ist, wenn ihr die Wahrheit erfahrt. In diesem Fall nur ihr. Der Polizei habe ich nichts gesagt. Ich habe nicht einmal das Verschwinden meines Mannes gemeldet.«

»Warum nicht?« flüsterte Wilson.

»Man hätte mir nichts geglaubt. Und wenn, dann unter starken Vorbehalten.«

»Ja, das kann stimmen.«

»Wir müssen etwas unternehmen!« sagte Carlesi. »Der Film hat uns gezeigt, daß alles noch schlimmer ist, als wir es uns vorgestellt haben. Aber warum, verflucht, hat Ace das getan?« Er schaute Laura an. »Warum ist er allein losgezogen?«

»Das frage ich mich auch«, gab sie zu. »Ich weiß die Antwort auch nicht. Es kann sein, daß er glänzen und sich selbst etwas beweisen wollte.«

»Hast du nicht versucht, ihn zurückzuhalten?« fragte Black.

»Nein, das habe ich nicht. Deshalb mache ich mir auch diese Vorwürfe. Aber ich habe nicht damit gerechnet, daß es so schlimm und gnadenlos ist. Wenn ich ehrlich sein soll, habe ich euch nicht geglaubt und euch für Spinner gehalten.«

»Die Beweise gab es, Laura.«

»Richtig, Sean, die gab es. Hat nicht jeder von euch an ein Raubtier gedacht, auch wenn ihr hin und wieder von einem Kannibalen gesprochen habt? Da wäre es natürlicher gewesen, wenn sich ein Bär in dieser Gegend auf irgendwelchen Wegen verirrt hätte.«

»Kann auch sein.«

»Ihr wolltet euch gegenseitig aufputschen. Ich nehme da Ace nicht aus. Ihr seid das gewesen, was man eine Macho-Clique nennt. Mit der Prämisse – uns kann keiner oder so. Ich bin eine Frau und habe das nie verstanden. Ace und ich haben auch darüber geredet, aber er war einfach nicht davon zu überzeugen. Das Jagen mit seinen Freunden war für ihn das Größte überhaupt, neben euren Männer-Abenden in der Kneipe, die meist schlimm endeten.« Es kochte in ihr wieder hoch, und Laura mußte einfach weinen. Sie drückte ein Taschentuch gegen ihr Gesicht.

Die Männer sagten nichts. Sie starrten ins Leere. Auch wenn sie durch das breite Fenster nach draußen in den großen Garten blickten, sahen sie weder die Bäume noch die Hecke, die das recht große Grundstück einfriedete. Ihre Gedanken waren bei dem, was sie gesehen hatten, und diese Szenen hatten sie alle tief erschüttert.

Laura Lintock lachte laut und unecht auf. »Aber das Leben geht weiter!« rief sie dann unter Tränen. »So sagt man doch, nicht? Aber wie geht es jetzt weiter?«

Truman Black traute sich eine Antwort zu. »Wir müssen deinen Mann finden, Laura.«

»Was denn finden?« schrie sie. »Seine Knochen? Blank und abgenagt? Verdammt, das ist ...«

»Hast du schon an die Polizei gedacht?«

»Ja, aber ich verzichte darauf, und ich möchte euch bitten, ebenfalls darauf zu verzichten. Wichtig ist, daß es dieses Monstrum noch gibt. Und daß es gefangen werden muß.«

Die Männer wußten es, doch sie enthielten sich einer Antwort. Sie hatten gesehen, was mit ihrem Freund geschehen war, und keiner von ihnen wollte in die gleiche Situation geraten.

Laura sah es ihnen an. Ihr Mund verzog sich, als hätte sie soeben Essig getrunken. »Ihr seid seine besten Freunde gewesen, das begreift ihr doch – oder? Mag Ace auch einen Alleingang unternommen haben, doch ihr seid ihm etwas schuldig.«

Das wußten sie. Ihren Mienen war es anzusehen. Nur traute sich niemand eine Äußerung zu. Sie blieben sitzen wie auf den Sesseln festgeleimt.

»Nun? Keiner?«

Schließlich nickte Robert Wilson. »Du hast recht.

Das weiß jeder von uns. Wir sind Ace etwas schuldig.«

»Schön, daß wir schon so weit gekommen sind. Was habt ihr also vor?«

Die Frage war zu direkt, als daß sie ihnen gepaßt hätte. Sie bissen sich auf die Lippen, niemand wollte den anderen anschauen, und so fragte Laura schließlich: »Soll ich denn losziehen, um den verdammten Kannibalen zu suchen?«

»Nein!« rief Carlesi. »Um Himmels willen, das ist unmöglich.«

»Ich würde es aber tun, verdammt.«

»Das glauben wir dir sogar.«

»Und ihr? Was habt ihr vor?«

Truman Black nahm seine Brille ab. Er putzte die Gläser, um seine Verlegenheit zu überbrücken. Als er sie wieder aufsetzte, übernahm er das Wort. »Wir sollten so weitermachen, als wäre unser Freund Ace noch am Leben.«

Carlesi und Wilson schwiegen. Nur Laura fragte: »Was bedeutet das genau?«

»Daß wir wieder zusammen auf die Jagd gehen. Wir werden den Zombie oder den Kannibalen jagen müssen. Eine andere Möglichkeit gibt es nicht. Wir sind zu dritt, er ist allein. Wir können es schaffen.«

»Wenn wir ihn finden«, sagte Carlesi.

»Bestimmt. Wenn wir ihn nicht finden, dann findet er uns. Er hat jetzt Blut geleckt.«

Wilson hatte an Black eine andere Frage. »Kannst du uns auch sagen, wie wir ihn töten sollen? Du hast den Film doch gesehen. Ace schoß ihm in den Rücken. Die Wunde malte sich ab. Er lag ja auch tot auf dem Boden, aber er war nicht tot. Die verdammte Kugel hat ihm nichts ausgemacht. Damit ist er nicht zu killen.«

»Wir zerschießen ihn!« flüsterte Sean.

»Davon träumst du?«

»Wie dann, Truman? Wie sollen wir es dann machen?«

»Wir müssen ihm eine Falle stellen.«

»Weiter!«

Black zuckte die Achseln. »Genau weiß ich es nicht. Aber er muß hineinlaufen. Wir könnten es mit einem Netz probieren, das wir spannen. Mit einer Fallgrube ebenfalls, vielleicht mit Feuer. Darüber müßte man dann genauer nachdenken.«

Keiner der anderen hatte einen besseren Vorschlag. Sie blickten sich nur an und schienen darauf zu warten, daß Laura etwas sagte. Die tat ihnen auch den Gefallen.

»Es ist jedenfalls schon positiv, daß ihr eure Starre überwunden habt und überhaupt nachdenkt, etwas zu unternehmen.«

»Wir werden morgen abend damit beginnen!« erklärte Robert Wilson.

»Auch die Nacht über?«

»Ja. Bis dahin muß uns etwas eingefallen sein. Keiner von uns wird etwas sagen. Wir müssen schweigen.«

Es paßte den beiden anderen wohl nicht so recht, aber sie stimmten mit einem Nicken zu.

»Das reicht mir nicht«, sagte Wilson. »Denkt daran, was wir normalerweise durchziehen.«

Man zögerte. Jeder wußte, daß dies kein Spaß war wie sonst. Genau dieses Wissen ließ sie zögern.

Laura zuckte mit den Schultern.

»Ihr könnt es euch ja noch überlegen«, sagte sie.

»Nein, da gibt es nichts zu überlegen!« Wilson schüttelte den Kopf. »Da müssen wir durch.«

Seine Worte hatten die anderen beiden aus ihrer Nachdenklichkeit gerissen. Sie erhoben sich, und auch Wilson stand auf. Wenig später lagen ihre Hände aufeinander. Sie schauten sich in die Augen und hatten sich somit ein Versprechen gegeben.

»Dann seid ihr jetzt die Zombie-Jäger?« fragte Laura, die nicht mit aufgestanden war.

»Kann man sagen«, erwiderte Sean Carlesi.

»Gut, ich glaube euch. Aber ich weiß auch, wie schwer es sein wird. Aus diesem Grunde habe ich ebenfalls etwas in die Wege geleitet, was nichts mit der Polizei zu tun hat. Ich kann allerdings noch nicht von einem Erfolg sprechen. Das Eisen liegt im Feuer, mehr nicht.«

»Was ist es denn?« fragte Black.

Sie schüttelte den Kopf. »Später vielleicht. Tut euren Job und seid verdammt vorsichtig. Da läuft etwas um Kirkland herum, das es nicht geben darf. Ein grauenvolles Geschöpf. Ein Kannibale, ein Zombie oder«, sie lachte auf, »ein Wesen, das gar nicht auf diese Welt gehört.«

Die drei Männer blickten sich an.

Schließlich fragte Wilson: »Denkst du an eine Person, die ... na ja, von einem anderen Planeten auf die Erde gekommen ist und bei der Rückkehr vergessen wurde?«

»Du hast es erfaßt, Rob.«

»Unsinn.«

»Was hast du auf dem Film gesehen? Ist das auch Unsinn? Wer von uns weiß denn, was sich alles auf dieser Welt herumtreibt? Was ist wahr, was ist unwahr? Wo liegt denn die Wahrheit?«

»Irgendwo da draußen«, murmelte Carlesi. »So habe ich es in einer TV-Serie gehört.«

»Das ist mir zu vage«, sagte Laura. »Ich will Beweise haben, versteht ihr?«

»Wir werden ihn finden!« flüsterte Wilson nicht eben überzeugend.

»Das reicht mir nicht, Robert. Ich will ihn tot sehen. Vernichtet. Verbrannt. Erst dann bin ich in der Lage, meinen toten Mann, falls man etwas von ihm findet, auch normal beerdigen zu können. Jetzt würde ich es nicht können. Ich kann nicht einmal mit anderen Menschen über seinen Tod reden, von euch abgesehen.«

»Das verstehen wir«, sagte Wilson.

»Gut.« Laura stand jetzt auf. »Es ist vielleicht besser, wenn ich jetzt allein bleibe. Ihr werdet sicherlich noch einiges zu besprechen haben.«

»Ja, einen Plan muß es geben!« meinte Truman Black.

»Gut, dann bringe ich euch zur Tür.«

Jeder umarmte Laura, bevor er das Haus verließ. Sie merkte, daß sie gern noch etwas gesagt hätten, es fehlten ihnen jedoch die richtigen Worte.

Es war kühl geworden. Der Westwind hatte die Temperaturen gedrückt. Die drei Männer waren mit Blacks Range Rover gekommen. Sie stiegen ein, und ihr letztes Winken sah ziemlich lahm aus.

Kaum waren die Männer abgefahren, als Laura Lintock die Tür heftig schloß. Sie lehnte sich mit dem Rücken gegen die Innenseite, und dann brach es aus ihr hervor.

Das hemmungslose Schluchzen konnte sie nicht

zurückhalten. Ihr fehlte auch die Kraft, sich auf den Beinen zu halten, und sie sackte zusammen.

Wie ein Häufchen Elend blieb sie hocken ...

Irgendwann – Laura hatte den Begriff für Zeit verloren – war sie aufgestanden und in das große Wohnzimmer gegangen, in dem es so still wie in einem Grab war. Erst als sie die Gläser auf ein Tablett stellte, hörte sie das leise Klirren. Ansonsten herrschte im gesamten Haus Totenstille.

Sie ging in die Küche, blieb an der Spüle stehen und merkte, daß sie aufstoßen mußte. Bitterer Gallengeschmack vermischte sich mit dem des Whiskys. Sie senkte den Kopf und spie die gelbliche Flüssigkeit in die Spüle.

Noch immer begriff sie nicht richtig, was da abgelaufen war. Laura konnte sich einfach nicht vorstellen, jetzt allein zu sein. Mit 33 schon Witwe.

Viel zu jung, um mit Erinnerungen leben zu können. Es war alles so schrecklich und unfaßbar.

Sie verließ die Küche und ging durch das Haus, in das sie erst vor drei Jahren eingezogen waren. Sie ging durch alle Zimmer, unten und oben.

Ace hatte sich eine Existenz aufgebaut. Eine kleine Software-Firma, die er allein führte. Der Betrieb rentierte sich nach dem schleppenden Anlaufen. Lintock hatte sogar daran gedacht, jemand einzustellen und nicht nur seine Frau mitarbeiten zu lassen. Doch er war ein Mensch gewesen, der sich lieber auf sich selbst verließ und keine anderen fragte. Hätte er seine drei Freunde mit auf den Hochsitz genommen, wäre der tödliche Vorfall nicht passiert. Aber nein, Ace hatte wieder mit dem Kopf durch die Wand gewollt. Jetzt würde er nie mehr etwas unternehmen können.

Laura ging wieder in das große Wohnzimmer. Sie machte Licht, denn draußen dämmerte es bereits. Vor dem Fenster blieb sie stehen und schaute in den Garten.

Es war eigentlich kein Garten, sondern nur ein großes Grundstück mit Laubbäumen und von einer Hecke umgeben. Jetzt fielen die ersten Schatten auf den Rasen, und die Frau konnte sich vorstellen, daß dieses Grundstück mit seinem Bewuchs auch ein ideales Versteck bot für jemand, der sich an das Haus heranschlich.

Diese Gedanken waren ihr sonst nicht gekommen. Erst jetzt, wo ihr Mann nicht mehr war, kroch die Furcht in ihr hoch.

Das Klingeln des Telefons zerriß die Stille. Laura schreckte zusammen. Sie überlegte, ob sie überhaupt abheben sollte. Sie haßte es, irgendwelche Fragen beantworten zu müssen, die sich um ihren Mann drehten. Sie hatte schon zwei geschäftliche Anrufer abwimmeln müssen.

Laura überwand sich und meldete sich trotzdem mit einem leisen »Ja bitte?«

»Na endlich. Ich dachte schon, du wärst nicht zu Hause.«

»Bill – du?« Ein schüchternes Lächeln huschte über ihre Lippen. »Ich habe schon darauf gewartet, daß du zurückrufst.«

»Ich werde nicht fragen, wie es dir geht, sondern dir sagen, daß ich gute Nachrichten habe, sofern man den Ausdruck überhaupt dafür gebrauchen kann.«

»Laß hören.«

Bill faßte sich kurz und sagte zunächst nur: »Wir kommen!«

Laura war überrascht. Im ersten Moment verschlug es ihr die Sprache. Sie mußte sich räuspern, erst dann flüsterte sie: »Du hast ›wir‹ gesagt? Was heißt wir?«

»Ich werde zwei Freunde mitbringen.«

»Ähm ... bitte? Wer sind sie?«

»Du wirst ihre Namen schon gehört haben. Sie heißen John Sinclair und Suko.«

Einen Moment lang mußte Laura nachdenken. »Ja, ja, die Namen kenne ich. John Sinclair. Ein alter Freund von dir.« Sie lachte jetzt, aber es klang nicht lustig. »Sind das nicht die beiden, die sich immer um die besonderen Fälle kümmern?«

»Das sind sie. Sie beschäftigen sich mit übersinnlichen Fällen.«

»Und warum bringst du sie dann mit?«

»Laura, bitte, denk mal nach. Ich glaube nicht, daß dein Mann von jemand umgebracht worden ist, auf den die Bezeichnung Mensch zutrifft. So wie du mir die Gestalt aus dem Film beschrieben hast, sieht er zwar aus wie ein Mensch, aber er kann es nicht sein. Ich rechne mit einem Wesen der Hölle, um es mal drastisch zu sagen ...«

»Zombie?« flüsterte sie.

»Ho. Wie kommst du darauf?«

Laura wollte schon erklären, von wem sie es wußte, aber sie hielt sich zurück. Die Freunde ihres Mannes mußten aus dem Spiel bleiben. Zumindest vorläufig. »Es ist so, ich dachte mir, daß wir damals schon auf der Jagd nach seltenen Fällen waren. Dinge mit ungewöhnlichen Akteuren. Du verstehst, was ich meine? Dabei ist auch der Begriff Zombie gefallen. Ich dachte auch an Filme, weißt du? Da hat man solch fürchterliche Szenen ja gesehen.«

»Stimmt.« Bill räusperte sich. »Aber nichtsdestotrotz, Laura, du kannst sogar recht haben, daß dein Mann von einem derartigen Geschöpf getötet wurde. Jedenfalls sind wir schon auf dem Weg, werden morgen recht früh bei dir eintreffen und schauen uns dann gemeinsam den Film an, so schrecklich das auch werden wird.«

»Man muß ja etwas tun«, flüsterte sie.

»Eben, Laura, so sehen wir das auch.« Bill räusperte sich etwas verlegen. »Dann wünsche ich dir trotz allem eine gute Nacht. Bis morgen dann.«

»Ja, Bill, danke. Ich . . . ich freue mich.«

Das Gespräch war beendet. Mit gesenktem Kopf stand Laura vor dem Apparat. Ihr Rücken fühlte sich an wie von einer dünnen Eisschicht überzogen. Die Stimme des ehemaligen Kollegen klang noch in ihrem Ohr nach. Ihr Gesicht zeige ein verloren wirkendes Lächeln. Sie dachte an früher, als sie und Bill noch Kollegen gewesen waren. Auch an Sheila und an Johnny erinnerte sie sich. Zusammen waren sie öfter zum Essen gegangen und hatten dabei über Pläne gesprochen, die sich auf eine Zukunft bezogen hatten.

Zukunft?

Hart lachte sie auf, als sie daran dachte. Nein, es gab für sie keine Zukunft mehr. Die war vorbei. Nicht ohne ihren Ehemann.

Aber sie wollte eines: Rache!

Als ihr dieser Gedanke kam, ballte sie beide Hände zu Fäusten. Sie wollte, daß diese verfluchte Bestie starb. Daß sie ebenso vernichtet wurde wie die Opfer, die auf ihr Konto gingen.

Wieder schaute sie durch das Fenster auf die hintere Seite des Grundstücks. Es war inzwischen dunkler geworden. Auch die Möbel im Zimmer bildeten nur noch Schatten.

Das Gras wirkte wie ein dunkler Teppich, aus dem die alten Bäume ragten. Es waren nur Laub-, keine Nadelbäume.

Alles hatte sie hier geliebt, auch den Garten. Jetzt mochte sie ihre Umgebung nicht mehr. Ohne Ace hatte alles keinen Sinn mehr. Laura begann wieder zu weinen ...

Der Zombie hatte sich eine besonders günstige Stelle am Wasser gesucht, wo er von recht hohen Gewächsen geschützt wurde. Es war wie bei einem Tier, das stets an der gleichen Stelle eines Flusses oder Sees seinen Durst löschte. Auch der Untote ging dorthin. Obwohl er kein menschliches Bedürfnis verspürte, sich am kalten Wasser laben zu wollen, tat er es.

Wo er herging, malten sich Spuren auf dem Boden ab. Zudem hatte er sich auch einen Weg durch die Büsche gebahnt und sie nach vorn geknickt. Sie schlugen nicht mehr zurück, wenn er bis in das Wasser vorrutschte.

Es war dunkel geworden oder noch dämmrig. Das Grau über dem See konnte nicht als Licht bezeichnet werden.

Er bückte sich tief, sehr tief, aus westlicher Richtung war der Abendwind gekommen. Er strich wie mit sanften Flügeln über die Oberfläche des Sees hinweg, kräuselte sie zu Wellen, die gegen das Ufer anliefen, auch in die Richtung des knienden Zombies.

Er war noch immer nackt. Dreck klebte an seinem Körper, der sich mit dem Blut des Opfers vermischt hatte. Der Zombie stierte auf die Wellen, die rasch ausliefen, bevor er seinen Kopf senkte und das Gesicht in das Wasser tauchte.

Die Gestalt blieb länger in der Haltung. Das Wasser spülte sogar über den Kopf hinweg, drang auch hinein in seinen offenen Mund und näßte seinen Nacken.

Ein Mensch hätte sein Gesicht nie im Leben so lange in das Wasser eintauchen können wie dieser Zombie. Er brauchte nicht zu atmen. Er existierte auch so.

Irgendwann hob er seinen Kopf wieder aus dem Wasser hervor. Die Reste rannen an seiner alt wirkenden Haut nach unten, und als er über seine rissigen Lippen wischte, verschmierte er auch das letzte, dort noch klebende Blut.

Erst dann richtete er sich auf und blieb schließlich dort stehen, wo er getrunken hatte.

Das nasse Haar klebte wie verleimt an seinem Kopf. Auf der bleichen Haut lagen noch immer die Tropfen, und selbst in den Augen hing das Wasser. Er schüttelte seinen Kopf, bevor er sich umdrehte und den Platz am See verließ.

Wie ein Tier und mit nach vorn gedrücktem Kopf stampfte er durch die Dunkelheit. Ein Beobachter hätte ihn auf Grund seines Gangs und der Haltung tatsächlich für einen Urmenschen halten können, der sich auf seiner Wanderschaft verirrt hatte. Es fehlte nur noch die Steinkeule, die aber brauchte der Zombie nicht. Da verließ er sich lieber auf seine eigenen Hände.

Diesmal nahm ihn der Wald auf. Zuvor schluckte ihn dichtes Unterholz. Er schlug sich durch, und es war ihm egal, ob spitze Dornen über seine Haut kratzten oder nicht. Sein Ziel war klar. Er brauchte die Dunkelheit des Waldes, auch die Stille der Nacht, um am nächsten Tag wieder auf Beutezug zu gehen.

Menschen! Jetzt interessierten den Zombie nur noch Menschen. Alles andere vergaß er. Keine Hunde, Katzen, Schweine oder Kühe mehr. Kein heimliches Eindringen in die Ställe und dieses Reißen der Beute. Er war einzig und allein darauf fixiert, Menschen zwischen seine Klauen zu bekommen.

Und sollte sich in der Nacht jemand in diesen Bereich des Waldes verirren – er war bereit.

Das Unterholz lag hinter ihm. Es bog sich wieder zurecht. Vor ihm lag jetzt der stockdunkle Wald wie eine riesige unterirdische Höhle mit mächtigen Stalagtiten und Stalagmiten. Zweige hingen tief. Sie schlugen gegen sein Gesicht, zerrten an der Haut. Mit oft unwilligen oder gorillahaften Bewegungen peitschte er sie zur Seite.

Sein Ziel lag in der Waldmitte. An einem besonders großen Baum mit weit verzweigter Krone.

Es war sein Platz, und keiner würde ihm diesen je streitig machen. Er hatte die Mulde am Stamm nicht mit Laub ausgefüllt; eine Laune der Natur hatte die alten Blätter durch den Wald bis an diese Stelle geweht, wobei der Baum sie dann aufgehalten hatte.

Der lebende Tote ließ sich dort nieder. Beinahe wie ein erschöpfter Mensch sank er auf dem Laub zusammen, streckte sich und schaufelte einen Teil der alten Blätter über seinen Körper hinweg. Der Wald schlief nicht, denn zu dieser Zeit waren die Tiere der Dunkelheit längst erwacht. Der Zombie nahm sie nicht wahr. Nicht das schnelle Huschen der Mäuse durch das

Laub. Nicht das Kratzen der Eichhörnchen, die selbst noch um diese Zeit nach Nahrung suchten, und auch nicht die großen Augen einer Eule, die hoch oben in einem Baum saß, sich dann abstieß und ihren Beuteflug antrat, wobei sie sich hütete, die Mulde mit dem Zombie zu nahe zu überfliegen, denn sie spürte bereits die böse, unheimliche Strahlung, die von einem derartigen Gast ausging.

Der Zombie lag da mit offenen Augen. Er brauchte keinen Schlaf. Er stierte in die Höhe. Über ihm malte sich schwach der Wirrwarr aus Blättern, Ästen und Zweigen ab, die leicht wippten und sich plötzlich zu bewegen begannen.

Sie drängten nach unten, sie schoben sich zur Seite. Sie streckten, drehten und bogen sich, als wäre der Baum in den letzten Sekunden zu einem Eigenleben erwacht.

So war es auch.

Er lebte plötzlich. Die Blätter schimmerten heller, als hätten sie ein Licht abgegeben, und genau dieser Schein fiel bis auf den mächtigen Stamm mit der alten braunen Rinde.

Auch die Rinde weichte auf.

Sie verzog sich. Sie dehnte sich aus und gab dabei noch mehr Helligkeit ab.

Zweige bogen sich federnd nach unten. Äste wippten ihnen nach und trafen sich dabei über dem Boden, so daß aus ihnen eine völlig neue Figur entstand.

Ein Gesicht!

Augen, Mund. Holzig, trotzdem weich und zugleich auch knotig. Das Gesicht einer Gestalt, die hier herrschte und Macht über die Natur besaß. Das Gesicht besaß dämonische Züge, wobei sich der

Mund in die Breite schob und zugleich auch in die Höhe, als wollte er so ein gewaltiges Maul bilden.

Es war ein Grinsen. Das Lächeln der Natur, zugleich auch das Grinsen eines Dämons und eines Beschützers.

Der Zombie wußte, daß er damit gemeint war. Plötzlich hatte er Kontakt bekommen. Es gab ein Wesen, das auf seiner Seite stand und ihn beschützte.

Er wußte auch den Namen.

Mandragoro ...

Wir hatten uns lange genug darauf vorbereiten können, den Film zu sehen. Trotzdem war es ein Schock für uns gewesen. An einigen Stellen hatten wir einfach nicht hinschauen können.

Vor uns standen die mit Kaffee gefüllten Tassen, doch niemand von uns kümmerte sich darum. Ich hatte einen Schluck getrunken, doch nun, da der Film abgelaufen war, mochte ich keinen Kaffee mehr.

Bill Conolly saß zwischen Suko und mir. Des öfteren hatte er aufgestöhnt und den Kopf geschüttelt. Mit diesen Szenen wurde er einfach nicht fertig.

Laura Lintock war bei uns geblieben. Sie hatte sich die Aufnahmen allerdings nicht angesehen. Durch den Ton wurde es noch schlimmer. Deshalb hatte sie sich oft die Ohren zugehalten, um die schlimmen Geräusche nicht mithören zu müssen.

Jetzt war der Bildschirm wieder grau. Bill griff zur Fernbedienung und schaltete den Recorder aus.

Schwer legte sich die Stille über den Raum.

Ich schaute Laura Lintock an. Sie war eine hübsche Frau, allerdings vom Schmerz gezeichnet. Das blauschwarze Haar wirkte stumpf. Es war durch Finger aufgewühlt und nicht mehr nachfrisiert worden. Sie hatte zwar die Lippen leicht geschminkt, doch sie wirkten irgendwie blaß wie die einer Person auf dem Totenbett. Sie trug ein graues langes Kleid mit einem schwarzen Gürtel. Ihre Augen waren vom vielen Weinen gerötet, und ich mußte daran denken, wie sie Bill Conolly begrüßt hatte. Sie war ihm in die Arme gefallen und hatte bitterlich geweint.

Laura Lintock hatte bis jetzt gestanden. Nun setzte sie sich auf einen Stuhl und schaute ins Leere. Nach einer Weile sagte sie mit leiser Stimme: »Jetzt haben Sie alles gesehen, mehr kann ich Ihnen nicht zeigen. Ich weiß, daß Sie Fragen haben, aber ich kann sie kaum beantworten.«

»Das brauchst du auch nicht, Laura«, sagte Bill. »Wir finden uns schon allein zurecht.«

Sie deutete ein Kopfschütteln an. »Das ist nicht einfach hier. Wir leben auf dem Land, und die Natur hat sich hier ziemlich stark ausbreiten können.«

»Aber Sie wissen, wo die Tat geschah?« fragte ich.

»Ja.« Laura antwortete, ohne mich anzuschauen. »Es passierte am See. An einem Gewässer, das nicht einmal einen offiziellen Namen hat und auf den Karten nur als kleiner blauer Klecks eingezeichnet ist. Wir nennen es einfach nur den See. Dort ist es geschehen. Dicht am Ufer. Man konnte sogar das Wasser sehen.«

»Was hat Ihr Mann dort gewollt?«

»Was weiß ich, Mr. Sinclair? Er ist ja allein gegangen, um die Bestie zu stellen. Er hat unbedingt Sieger sein wollen. Hätte er die anderen drei bei sich gehabt, wäre es nicht geschehen, Mr. Sinclair.«

»Welche anderen?«

»Truman Black, Robert Wilson und Sean Carlesi.«

Wir schauten uns an. Bill zuckte die Achseln. Diese Namen sagten uns nichts.

»Ich weiß, daß Sie die Männer nicht kennen«, fuhr Laura fort. »Aber sie gehören dazu.«

»Inwiefern?« wollte Suko wissen.

»Die drei Männer und auch Ace waren eine verschworene Gemeinschaft. Sie etwas wie ein Männerbund. Sie waren Freunde und frönten einem gemeinsamen Hobby, der Jagd. Sie alle waren ausgebildete Jäger und sorgten dafür, daß der Wildbestand in den Wäldern sich nicht zu stark vermehrte. Und dann passierten die schrecklichen Dinge. Rehe, Schafe, Schweine, Hunde, Katzen und noch andere Tiere wurden einfach gerissen und zerfetzt. Zuerst glaubten alle an ein Raubtier, bis dann ein Schäfer in der Nacht eine Beobachtung machte. Es war eine recht helle Nacht, und er hat einen Menschen geduckt und sogar affenähnlich davonlaufen sehen. Später fand er dann seine beiden getöteten Schafe.«

Bill räusperte sich. »Hat man den Beschreibungen des Schäfers denn geglaubt?«

Laura Lintock runzelte die Stirn. »Nicht alle Menschen haben das geglaubt. Es klang ja auch zu unwahrscheinlich.«

»Aber dein Mann und seine Freunde?«

»Die schon.«

Bill schaute Laura sehr genau an, bevor er fragte: »Sind die Männer eingeweiht? Hast du ihnen erzählt, was passiert ist?«

Die Witwe sah aus, als wollte sie aufstehen. Schließlich blieb sie sitzen und nickte. »Ich mußte ihnen vertrauen«, so begann sie ihre Erklärung. »Kannst du das nicht verstehen, Bill? Es war wichtig für mich. Ich habe an dich gedacht, aber ich dachte auch an die Freunde meines Mannes. Ace hat das verdient. Sie waren wirklich ein Club. Sie haben viel gemeinsam getan. Die Liebe zur Jagd war bei ihnen besonders ausgeprägt. Oft sind sie gemeinsam losgezogen. Ich habe die Freundschaft immer akzeptiert, wie auch die anderen Frauen. Truman Black ist allerdings Witwer. Ich bin sogar noch einen Schritt weitergegangen.« Sie legte eine kurze Pause ein und schaute ins Leere. »Ich habe ihnen gestern den Videofilm vorgeführt. Das mußte ich einfach tun. Verstehst du?«

Bill sagte zunächst nichts. Auch Suko und ich hielten den Mund. Okay, es war ihre Entscheidung gewesen, aber ich konnte mir nicht vorstellen, daß sie damit auch richtig war.

Bill wollte meine Meinung wissen. »Wie stehst du dazu, John?«

»Verlange keine klare Antwort von mir. Sie haben es wissen müssen, Mrs. Lintock.«

»Himmel, die Männer sind Freunde gewesen. Ace hat es erwischt. Ich wollte einfach nur, daß die anderen gewarnt sind. Sie wären auch in die Falle gelaufen. Ein Toter reicht aus. Sie müssen vorsichtig sein, denn es ist durchaus möglich, daß dieser Kannibale noch einmal zuschlägt. Wenn sie die Gefahren bisher unterschätzt haben sollten, dann wird ihnen das nicht mehr passieren.«

»Wie haben sie reagiert?« erkundigte sich Suko.

Laura schluckte.

»Sie waren entsetzte und zunächst zu keiner Reaktion fähig. So etwas Grauenhaftes hatten sie noch nie in ihrem Leben gesehen. Ich kann das alles verstehen, und es hat auch gedauert, bis sie sich einigermaßen erholt haben.«

»Was taten sie dann?«

»Ich glaube, Inspektor, Sie schlossen sich noch dichter zusammen. Ja, die Verbindung wurde enger.«

»Sonst nichts?« wunderte sich Suko.

Laura Lintock schaute zu Boden. »Sie sprachen darüber, und ich war bei ihnen. Ich habe alles gehört. Es gab keinen Streit. Sie waren dann einer Meinung.«

»Wie sah sie aus?«

»Sie wollten alles für sich behalten.«

Die Antwort überraschte uns nicht, stellte uns trotzdem vor gewisse Probleme. Ich fragte: »Mehr nicht, Mrs. Lintock?«

»Zunächst nicht. Dann sahen sie wohl ein, daß sie alle sich in einer großen Gefahr befinden. Damit fanden sie sich auch ab, und sie wollten etwas dagegen tun.«

»Was?«

Laura blickte Bill Conolly in die Augen. »Sie waren schon immer Jäger. Jetzt sind aus ihnen besondere geworden. Kannibalen- oder Zombie-Jäger, wie sie sich nannten.«

»Zombie?« wiederholte ich.

»So haben sie es gesehen.«

»Dann wollen sie diesen Killer jagen?«

»Ja.«

»Wann?«

»Ich weiß es nicht, Mr. Sinclair. Ich kann mir denken, daß sie sich dabei nicht unbedingt viel Zeit lassen werden. So gut kenne ich sie. Diese Freunde sind entschlossen, und sie sind meinem ermordeten Mann auch etwas schuldig. So habe ich das gehört. Ich kann

Ihnen aber nicht genau sagen, wie sie nun vorgehen werden.«

»Das müssen wir aber wissen, Laura.«

Die Frau fing Bills besorgten Blick auf. »Gut, ich kann mal versuchen, anzurufen. Am besten bei Truman Black. Er lebt allein.«

»Das wäre gut.«

Laura Lintock ging zum Telefon. An den Gesichtern meiner beiden Freunde sah ich, daß sie mit dem, was die drei Männer vorhatten, nicht ganz einverstanden waren. Sie waren nicht wie wir ausgebildet und besaßen auch nicht die Kenntnisse. Wenn hier tatsächlich ein Zombie mordete, war er nicht so einfach umzubringen.

Laura Lintock hatte gewählt und wartete auf die Verbindung. Sie hatte Pech. Truman Black hob nicht ab. Noch mit dem Hörer in der Hand drehte sie sich zu uns um. »Es tut mir leid, aber Truman ist nicht zu Hause.«

»Dann sind sie schon unterwegs«, sagte Bill und stand auf. »Laß mich das mal machen, Laura.«

»Wieso? Was willst du?«

»Sie waren zu dritt.«

»Willst du bei Carlesi oder Wilson anrufen?«

»So ist es.«

»Nein, bitte nicht, Bill.« Sie ging einen Schritt von ihm weg. »Das wäre nicht gut. Sie haben versprochen, ihren Frauen nichts davon zu sagen. Das werden sie auch halten. Dazu kenne ich sie gut genug. Es wäre falsch, wenn du jetzt ...«

»Du brauchst keine Angst zu haben, Laura. Die Wahrheit werde ich ihnen schon nicht sagen.«

»Ja, wenn du meinst ...« Sie tippte eine Nummerfolge ein und erklärte, daß sie die Wilsons angewählt hatte.

»Danke, Laura.« Bill drückte den Hörer gegen sein Ohr. Sehr schnell schon meldete sich eine Frauenstimme. »Guten Tag, Mrs. Wilson, mein Name ist Eastland. Ich hätte gern Ihren Gatten gesprochen.«

»O, das tut mir leid. Er ist nicht zu Hause.«

»Schade.«

»Worum geht es denn?«

»Das wollte ich ihm persönlich sagen. Wir haben mal über ein Versicherungsproblem geredet. Können Sie mir sagen, wann ich ihn erreichen kann?«

»Das weiß ich auch nicht. Er ist mit zwei Freunden weggefahren. Heute sieht es schlecht aus. Sie könnten es morgen abend noch einmal versuchen, wenn es Ihnen recht ist.«

»Das ist es mir, Mrs. Wilson, es eilt nicht so. Vielen Dank für Ihre Mühe.«

»Bitte sehr.«

»Nicht da«, sagte Bill, als er den Hörer aufgelegt hatte. »Wie ich es mir schon dachte. Er und seine beiden Freunde sind unterwegs.«

Es war keine Überraschung für uns. Wer so zusammenhielt, der ging den Weg auch gemeinsam, wenn einer ausfiel. »Tja«, sagte ich und nickte Laura Lintock zu. »Ich denke mir, daß Sie jetzt an der Reihe sind und uns aufklären müssen.«

»Wie meinen Sie das?«

»Das Jagdrevier der drei Freunde ist wichtig. Ich nehme an, daß die anderen sich dort umschauen werden. Schließlich hat es Ihren Mann dort erwischt. Auf dem Film war noch kurz ein kleiner See zu sehen. Ein guter Anhaltspunkt für uns.«

»Er gehört zum Revier. Das heißt, sie hatten kein abgestecktes Revier, wenn sie auf die Jagd gingen. Sie hatten hier eine gewisse Narrenfreiheit, wenn Sie so wollen.«

»Gibt es eine Karte?« fragte Suko.

»Ja, die existiert. Ich hole sie Ihnen. Sie liegt im Zimmer meines Mannes.«

Laura Lintock verließ den Raum. Wir blieben zurück, schauten uns an, bis Bill den Kopf schüttelte. »Zombie-Jäger, verdammt, es ist Wahnsinn, was die Typen da tun. Wenn es tatsächlich ein Zombie gewesen ist, dann kann er sich die drei anderen auch noch holen.«

Weder Suko noch ich widersprachen. Trotzdem hatte ich so meine Probleme. »Ich frage mich nur, wie dieser Zombie in diese Gegend kommt und woher er stammt. Untote fallen nicht einfach so vom Himmel. Ihr wißt, was ich damit meine.«

Sie wußten es und dachten auch weiter. Bill formulierte diesen Gedanken in eine Frage um. »Meinst du, daß noch jemand dahintersteckt? Daß er geführt oder geleitet wird?«

»Das dürfen wir nicht aus den Augen lassen.«

»Und wen hast du in Verdacht?«

Ich zuckte mit den Schultern. »Das kann ich dir beim besten Willen nicht sagen. Bill. Wir kennen nur einen Vorder- aber keinen Hintergrund. Er ist erschienen, aber warum er auftauchte – keine Ahnung.«

»Ein Monster aus dem See, John.«

»Das hatten wir schon.«

»Weiß ich. Aber es könnte sich doch wiederholen.«

»Vorausgesetzt, es ist ein Zombie«, sagte Suko. »Ich finde, daß wir uns nicht schon jetzt darauf konzentrieren sollten. Es besteht auch die Möglichkeit, daß es ein verwilderter Mensch ist, der sich seit Jahren hier in den Wäldern versteckt gehalten hat und nur seinen Hunger stillen will.«

»An Menschen?« fragte Bill. »Das glaubst du doch selbst nicht. Wir haben den Film gesehen.«

»Eben.«

»Was heißt das?«

»Daraus ging nicht hervor, daß er ein Zombie ist.«

»Für mich schon, Suko.«

»Warum?«

»Weil ich die verdammten Augen gesehen habe. Diese Kugeln, dieser stumpfe Blick. So glotzen nur Untote, und ich habe oft genug welche gesehen. Ich lasse mich da wirklich nicht von meiner Meinung abbringen, auch wenn ihr anders darüber denken solltet. Da haben diese drei Jäger schon recht.«

Laura kam zurück. Sie brachte zwei Karten mit.

»Hier ist die Umgebung eingezeichnet. Die blaue Karte ist genauer. Da bildet der kleine See so etwas wie einen Mittelpunkt.« Sie breitete die Karte auf dem Tisch aus, und wir stellten uns um Laura herum auf.

Den See konnten wir nicht übersehen. Sofort fragte Suko: »An welchem Ufer ist es passiert?«

Sie deutete mit dem Finger auf einen Rand. »Hier, am Südufer.«

Mit dem Kugelschreiber malte Bill ein Kreuz dorthin. Dann klärte uns Laura über den kürzesten Weg auf, der zum Ziel führte. Sie zeichnete auch ein, wo wir den Wagen abstellen konnten, denn mit einem Fahrzeug bis zum See und auch zum Hochsitz zu gelangen war nicht ganz einfach. Ein Geländewagen schaffte es, allerdings auch nur über große Umwege. »Haben Sie denn einen solchen Wagen?«

»Nein«, erwiderte Suko, »leider nicht. Wir könnten ihn uns höchstens leihen.«

»Das lohnt nicht.«

»Wir fahren dann bis zur betreffenden Stelle und gehen den Rest zu Fuß.«

Laura Lintock nickte und merkte zugleich, daß sie bald wieder allein bleiben würde. Unser Besuch hatte sie von den quälenden Erinnerungen abgelenkt. Jetzt kam alles wieder in ihr hoch, und sie begann zu weinen.

Bill nahm sie in die Arme. Er sprach ihr Trost zu. Auch für ihn war es schwer, die passenden Worte zu finden.

»Wir schaffen es, Laura, das verspreche ich dir.«

Sie zog ein paarmal die Nase hoch. »Klar, ihr werdet es schaffen. Davon bin ich überzeugt. Das bringt ihr auch. Sonst hätte ich dich ja nicht angerufen. Es ist für mich nur so anders, verstehst du? Ich lebe noch in meiner normalen Welt, aber sie hat sich verändert. Ich kann einfach nicht begreifen, daß es noch meine Welt sein soll. Ich weiß nicht, was ich ohne Ace machen soll. Ich glaube auch, daß ich hier nicht mehr länger leben kann, denn hier wird mich alles an meinen Mann erinnern.«

»Wenn du es nicht aushältst, ziehst du nach London. So einfach ist das.«

»Kann sein. Ich weiß nicht, ob ich noch mal in meinem alten Beruf arbeiten kann. Es hat sich ja auch vieles verändert. Aber das ist Musik aus der Zukunft. Ich muß es erst einmal schaffen, mich mit der Gegenwart abzufinden.«

Suko und ich waren schon zur Tür gegangen. Bill folgte mit der jungen Witwe langsamer.

Draußen empfing uns ein klarer Himmel und kühler Wind.

Der Oktober war plötzlich kalt geworden, da wurden schon die dicken Pullover aus den Schränken geholt.

Unser Wagen stand vor dem Haus. Suko wollte fahren, und Bill hielt die Karten in den Händen. Beim Einsteigen fragte er: »Was passiert denn, wenn uns die drei Zombie-Jäger über den Weg laufen?«

»Dann schicken wir sie nach Hause«, sagte ich.

»Vorausgesetzt, sie leben noch«, meinte Suko und schnallte sich an. »Ich für meinen Teil glaube, daß die drei Typen einfach zu blauäugig an die Dinge herangehen. Wenn sie das merken, wird es zu spät sein.«

Keiner sprach dagegen, keiner stimmte ihm zu. Ich blickte auf meine Uhr. Es war mittlerweile Nachmittag geworden. Um diese Jahreszeit ging die Sonne früh unter. Viel Zeit blieb uns deshalb nicht.

Bill, der den Platz neben Suko eingenommen hatte, tippte auf die Karte. »Dann fahr mal los, alter Junge ...«

Ich drehte mich noch einmal um.

In der offenen Haustür stand Laura Lintock unbeweglich wie eine Tote, die jemand dort festgebunden hatte ...

Robert Wilson und Sean Carlesi waren zu Truman Black gekommen und sofort in die Garage gegangen, in der der Range Rover stand. Es war ein kompakter Wagen, mit dicken Reifen, einem Schutzgitter und

Allradantrieb, so daß er auch unebenes Gelände locker meisterte.

Sie hatten sich umgezogen und waren, wie sie selbst sagten, kampf- und jagdbereit. Stiefel, feste Kleidung, die grünen Jacken, Kompasse und Handys gehörten ebenfalls zur Ausrüstung.

Und natürlich Waffen!

Diesmal nicht nur ihre Jagdgewehre. Jeder von ihnen hatte noch eine Faustfeuerwaffe mitgenommen, und Truman Black hielt eine Schrotflinte mit abgesägten Läufen in den Händen. Er hob sie kurz an, bevor er sie in den Wagen stellte.

»Am liebsten hätte ich eine Maschinenpistole!« flüsterte Robert Wilson. »Damit könnte ich den Killer durchlöchern. Verdammt, ich hasse ihn.«

Damit hatte er den beiden anderen aus der Seele gesprochen. Carlesi meinte nur: »Zuerst müssen wir ihn haben.«

»Wir kriegen ihn!« erklärte Black flüsternd und entschlossen. »Darauf könnt ihr euch verlassen.« Er hatte seine Waffe verstaut. »Was habt ihr euren Frauen erzählt?«

»Daß wir wieder unterwegs sind.«

»Und wie sieht es mit der Zeit aus?«

»Keine angegeben«, erklärte Sean. »Rückkehr ungewiß. Was ist mit dir, Robert?«

»Ich habe das gleiche gesagt.«

»Wir müssen noch tanken, dann kann es losgehen.« Black schlug auf die Motorhaube. »Verdammt noch mal, wenn ich mir vorstelle, wen wir jagen, glaube ich immer noch, daß ich im falschen Film bin. Das ist doch der reine Wahnsinn.«

»Leider war der Film echt«, sagte Wilson.

»Ja, ich weiß, verdammt.« Black hob den rechten Arm. Die Hand hatte er ausgestreckt. Die beiden anderen Männer kannten das Zeichen. Sie schlugen sich ab. Auf ihren Gesichtern lag kein Lächeln wie sonst, wenn sie losfuhren.

Die Mimik sprach von finsterer Entschlossenheit, aber tief in ihren Augen leuchtete auch das Gefühl der Angst.

»Hat einer von euch noch mit Laura gesprochen?« fragte Sean.

»Nein!« sagte Truman.

Rob Wilson schüttelte den Kopf.

»Dann laß uns fahren.«

Sie stiegen ein. Truman Black war der Fahrer. Das Garagentor stand offen. Sean Carlesi, der sich auf den Rücksitz gesetzt hatte, schloß als letzter die Tür. Da hatte der Fahrer den Motor bereits angelassen.

Wenig später schob sich der Range Rover aus der Garage.

Jetzt waren die Zombie-Jäger unterwegs ...

Das Wetter hatte sich zwar gut gehalten, aber die Sonne fand nicht mehr die Kraft, die Feuchtigkeit wegzudampfen, und so waren die ersten nebligen Zonen entstanden.

Weiße Schleier krochen an manchen Stellen aus den Straßengräben und dampften über die Fahrbahn hinweg. Wir hatten den Ort Kirkland hinter uns gelassen und fuhren auf einer grauen Landstraße, die von hohen Bäumen gesäumt war. Der Wald war hier recht dicht, aber er wuchs nicht immer bis an die Ränder der Fahrbahn heran. Mal trat er zurück, mal war er so nahe, so daß die Zweige der Bäume sogar ein Dach über dem BMW bildeten.

Die Gegend war nicht flach. Es gab Hügel, aber keine Berge. Hin und wieder auch weite Täler, in die uns der Blick verwehrt war. Bill hatte die Karte auf die Knie gelegt und murmelte hin und wieder etwas vor sich hin.

Ich saß auf dem Rücksitz und schaute aus dem Fenster, ohne die Landschaft allerdings richtig wahrzunehmen. Laura Lintock ging mir nicht aus dem Kopf. Immer wieder tauchte die verzweifelte Frau vor meinem geistigen Auge auf. Auch die Erinnerung an den Film rollte in meinem Gedächtnis immer wieder ab. Für mich war er ein schrecklicher Streifen gewesen, ebenfalls für meine Freunde. Am schlimmsten fand ich es, daß ein Mensch daran beteiligt war. Einer, der sich sehr mutig vorgekommen war und nun sein Vorpreschen mit dem Leben hatte bezahlen müssen.

Die Blätter der Bäume bekamen allmählich andere Farben. Bei den wenigen Birken leuchtete schon das Gelb durch, und sie waren es auch, die der Wind als erste gelöst hatte und wie schimmernde Taler zu Boden fallen ließ. Sie blieben auf der Fahrbahn kleben oder bedeckten die Ränder der Straßen.

Nur einmal kam uns ein Fahrzeug entgegen. Es war ein Lastwagen, der dicke Abgaswolken ausstieß.

Ich dachte auch an die drei Zombie-Jäger und bezweifelte, daß sie wußten, worauf sie sich eingelassen hatten. Wir würden sie vielleicht treffen und ihnen dann den Rat geben, aus der Gegend zu verschwinden und uns die Jagd nach dem unheimlichen Killer zu überlassen.

Ob sie sich danach richten würden, war mehr als

fraglich. Ich kannte sie nicht, doch ich konnte mir vorstellen, daß sie so leicht nicht zu beeindrucken waren.

Zuerst schlug Bill leicht mit der Hand gegen die Karte, dann drehte er sich zu mir um. »Es dauert nicht mehr lange, falls wir der Karte hier trauen können. Du mußt die Straße bald verlassen, Suko.«

»Wo können wir halten?«

Bill informierte sich wieder und meinte: »Wenn die Karte nicht lügt, führt der Weg zu einer kleinen Lichtung im Wald. Von dort müssen wir dann zu Fuß weitergehen und erreichen auch in kurzer Zeit den Tatort.«

In der nächsten Minute schwiegen wir. Suko fuhr langsamer. Dabei beobachteten wir die linke Seite der Straße. Noch nahmen uns die Laubbäume die Sicht. Das dichte Unterholz verbarg auch den schmalen Straßengraben.

Die Lücke war plötzlich da. So schnell, daß Suko vorbeifuhr. Er stoppte, wir rollten zurück, dann drehte der Inspektor das Lenkrad nach links, und wir verließen die glatte Strecke, um über einen Weg zu fahren, der eigentlich keiner war, sondern mehr eine Schaukelstrecke, die mit Blättern und abgerissenen Ästen bedeckt war.

Suko fluchte. Es tat ihm weh, daß sein geliebter BMW so malträtiert wurde, aber er hatte fahren wollen, und da mußten wir eben durch.

Das helle Licht verschwand. Jetzt bildeten die Bäume die Stempel für ein Dach, dessen Blätter einen großen Teil des Lichts filterten, so daß wir durch einen fleckigen Tunnel fuhren.

Bill wies nach vorn. Dort wurde es heller. »Da muß schon die Lichtung sein.«

»Wurde auch Zeit«, moserte Suko.

Bill hatte sich nicht geirrt. Es war die Lichtung, die wie eine Insel mitten im Wald lag. Und sie war leer. Es gab keine Grillhütte, keine Holzstapel. Sie lag einfach nur da, um als Parkplatz zu dienen.

Nach dem Aussteigen fühlten wir alle die Kühle und die Feuchtigkeit, die sich um unsere Körper legten. Beim genaueren Hinsehen waren die feinen, grauen Schwaden zu erkennen, die sich ihren Weg bahnten. Sie waren dünner, neutral riechender Rauch, der aus irgendwelchen Löchern drang.

Während Suko den BMW abschloß, ging ich zu Bill hin. Er hatte die Karte auf die Führerhaube gelegt.

»Wo müssen wir hin?«

»Moment, nicht so schnell.« Die Spitze eines Kugelschreibers war auf die Stelle gerichtet, an der wir uns befanden. Der schmale Waldweg war als Strich eingezeichnet, der genau an dieser Stelle endete.

Der Reporter maß die Strecke bis zum See hin ab. »Das ist nicht mehr weit.«

Ich schlug ihm gegen den Rücken. »Dann los, alter Kämpe.«

»Bin schon dabei.« Er faltete die Karte zusammen und deutete auf eine Gruppe aus Farnen, die aussahen wie zu klein geratene Palmen. »Da müssen wir durch.«

»Bist du sicher?« fragte ich.

»Es ist zumindest die Richtung. Ich denke auch, daß wir den Hochsitz erreichen.«

»Okay.«

Zwar trugen wir feste Schuhe und auch eine entsprechende Kleidung, aber perfekt für die Wildnis waren wir nicht ausgerüstet. Uns fehlten zum Beispiel

Ferngläser. Die hatten wir auf die schnelle nicht besorgen können.

Suko hatte die Führung übernommen, Bill ging in der Mitte, ich am Schluß.

Es war kein langer Marsch, aber einer, bei dem wir kleinere Umwege in Kauf nehmen mußten. Immer wieder versperrten uns Bäume den Weg, die manchmal auch quer lagen, weil sie von einem Orkan entwurzelt worden waren. Es war ein ideales Gebiet für einen Zombie, der sich hier verstecken konnte.

Ich konnte mir nicht helfen, aber dieser Wald, der so normal aussah wie viele andere auch, kam mir unheimlich vor. Äußerlich gab es keinen Grund, so zu denken, doch in meinem Innern stellte sich etwas quer. Das hatte auch nichts mit dem Zombie zu tun. Es war eine gewisse Ahnung, daß wir im Begriff waren, ein Gebiet zu betreten, vor dem wir besser zurückgeschreckt wären.

Ich ließ mich etwas zurückfallen. Durch das langsame Gehen war es mir möglich, die Umgebung besser zu beobachten. Der Wald war nicht unbedingt so dicht. Die durch den Sturm gefällten Bäume hatten Lücken gerissen, als wäre ein Vorhang zerschnitten worden, durch den nun das graue und blasse Tageslicht sickerte.

Weiter oben, nahe der Wipfel, war es noch klar. Aber das Licht veränderte sich. Je mehr es dem Boden entgegenglitt, um so dunstiger wurde es. Der Untergrund bestand aus einer feuchten, bräunlichen Masse, auf der noch das Laub vom letzten Jahr lag.

Suko und Bill hatten einen Baum erreicht, der von links nach rechts gefallen war. Seine Krone beulte sich auf wie ein natürliches Gitter, das ein Durchqueren unmöglich machte. Die Umgebung kam mir weiter vor. Beinahe hatte ich den Eindruck, in einer großen Halle zu stehen.

Suko fiel zuerst auf, daß ich nicht mehr in der Nähe war. Vor dem mächtigen Stamm des umgestürzten Baums war er stehengeblieben und drehte sich nun um.

»Was ist mit dir, John?

»Ich weiß es noch nicht.«

»Probleme?«

»Nein, nicht direkt.«

Auch Bill war aufmerksam geworden. »Sollen wir kommen?«

»Nein, bleibt ruhig da. Ich bin schnell bei euch.«

Das war nicht gelogen. Ich wollte nur etwas testen. Es bezog sich vor allen Dingen auf meine innere Unsicherheit und eine gewisse Warnung, die mich noch immer erreichte. Deshalb fuhr meine Hand beinahe wie von allein in die Tasche, in die ich das Kreuz gesteckt hatte.

Es hatte sich erwärmt!

Ich war irgendwie darauf vorbereitet gewesen, aber diese Reaktion überraschte mich schon. Himmel, ich kannte es lange genug und wußte, daß es für eine Erwärmung immer einen Grund gab. Das war auch jetzt der Fall, so etwas änderte sich nie, aber ich war schon einigermaßen überrascht, daß es hatte passieren können.

Meine Freunde ließen mich in Ruhe. So zog ich das Kreuz hervor, ließ es auf dem Handteller liegen, ohne daß die Erwärmung dabei verschwand. Das war schon ungewöhnlich.

In meiner sichtbaren Umgebung passierte nichts.

Ich schaute mich sehr mißtrauisch um und ging langsam weiter.

Suko und Bill warteten auf mich. Sie standen jetzt zusammen und beobachteten mich genau. Erst als ich in Sprechweite bei ihnen stand, sahen sie das Kreuz auf meiner Hand.

»Was bedeutet das?« fragte Bill.

Ich sagte es ihm.

»Dann ist der Zombie hier – oder?«

Ich zuckte mit den Schultern. »Keine Ahnung. Es müßte eigentlich so sein. Nur kann ich komischerweise nicht daran glauben.«

»Warum denn nicht?«

Vor meiner Antwort lachte ich leise. »Die Frage ist gut, sie trifft auch den Kern. Ich habe den Eindruck, daß ich auf irgendeine Art und Weise manipuliert worden bin.«

»Nur du?«

»Nein, auch die Umgebung hier. Sie sieht normal aus, sie ist es auch, trotzdem liegt etwas darin verborgen, das ich nicht herausfinden und fassen kann. Ich weiß es auch nicht genau, Bill, aber das Kreuz reagiert nicht grundlos. Es will mich auf das hinweisen, das im verborgenen steckt.«

»Hast du denn eine Idee?«

»Nein, nicht direkt, aber ich kann euch jetzt schon sagen, daß es nicht unbedingt der Zombie ist. Ich denke, daß mehr dahintersteckt. Eine andere Macht.«

Suko, der bisher ruhig zugehört hatte, griff nun ein. »Keine Sorge, John, das finden wir heraus.«

»Ja. Trotzdem gefällt es mir nicht, manipuliert zu werden.« Ich kam noch einmal auf das Thema zurück. »Es ist nicht nur der Zombie. Wir müssen uns auf etwas ganz anderes und möglicherweise auch auf etwas sehr Gefährliches einstellen. Mit Wäldern haben wir unsere Erfahrungen sammeln können, und hier kommt eine neue oder eine neue alte hinzu.«

Suko lächelte wissend. »Du denkst da in eine bestimmte Richtung, kann ich mir vorstellen.«

»So ist es.«

»He, wollt ihr mich nicht aufklären?« beschwerte sich Bill.

»Klar. Mandragoro.«

»Ach.« Der Reporter bekam große Augen. »Denkst du wirklich an den Umwelt-Dämon?«

»Hier immer.«

»Dazu würde auch der Zombie passen«, sagte Suko. »Wir haben es vor Jahren schon einmal erlebt, als er seine fürchterlichen Gestalten schickte. Damals gelang es uns, einen Kompromiß mit ihm zu schließen. Ich hoffe, daß er sich noch daran erinnert.«

Das hoffte ich auch, denn Mandragoro war ein Dämon, den ich nur schwer einschätzen konnte. Er lebte an keinem bestimmten Platz oder Ort, aber er war überall vorhanden.

Man konnte ihn durchaus als Hüter der Natur ansehen, der gegen Menschen rigoros anging, die die Natur zerstörten. Das hatten wir erlebt, und er hätte auch mich getötet, hätte ich ihn nicht davon überzeugen können, daß es mir im Prinzip ebenso erging wie ihm. Auch ich war auf der Suche nach Zerstörern der Ordnung, nur wandte ich andere Methoden an. Auf dieser Basis hatten wir uns einigen können und einen Burgfrieden geschlossen. Der war leider mehr brüchig als fest.

Wir hatten in den letzten Sekunden geschwiegen.

Bis Bill fragte: »Wie geht es jetzt weiter? Bleibt es bei unserem Plan? Trotz Mandragoro?«

»Es ist nur ein Verdacht.«

»Weiß ich. Wir gehen also?«

»Ja.«

Diesmal war ich noch aufmerksamer und wachsamer. Mandragoro war jemand, der eine Gestalt hatte und gleichzeitig auch wieder nicht. Man konnte ihn schlecht erklären. Im Prinzip bestand er aus Geist, aber er war in der Lage, sich auch dreidimensional zu zeigen und dabei die Kontrolle über die Natur zu bekommen.

So war es möglich, daß er sich in einen Baum veränderte, der plötzlich lebte und seinen Gesetzen gehorchte. Wir hatten schon erlebt, daß er ein Stück des Bodens war und ihn so verändert hatte, daß er seine Feinde in die Tiefe zerrte.

Jedenfalls war er immer für Überraschungen gut. Sollte er tatsächlich hinter allem stecken, fragte ich mich, welches Spiel er hier wirklich trieb. Wenn es ihm auch um die Menschen ging, darauf deutete Ace Lintocks Tod schließlich hin, dann schwebten die drei anderen in höchster Gefahr. Es war wichtig für uns, daß wir sie fanden.

Wir kletterten über das Hindernis hinweg, rutschten zweimal auf der klebrigen und nassen Rinde aus, konnten uns aber fangen und hatten schließlich das große Hindernis hinter uns.

Uns fiel die Stille auf. In diesem Wald lebte nichts. Da zwitscherten keine Vögel, und jedes Blatt, jeder Farn und jeder Zweig schien den Atem anzuhalten.

Wenn tatsächlich ein Zauber über dem Wald lag, dann war es für uns wenig positiv.

Bill hatte die Karten in seine Seitentaschen gesteckt. Keiner von uns brauchte sie, denn das erste Ziel war bereits zu sehen. Auf unserem Weg hatten wir uns dem Waldrand genähert, wo sich das Tageslicht besser ausbreiten konnte, und plötzlich sahen wir ein Gebilde, das keine Ähnlichkeit mit einem Baum aufwies. Es war aus Holz hergestellt worden und ragte wie ein Turm auf dünnen Beinen in die Höhe.

Vor uns stand der Hochsitz, auf dem auch ein Mann namens Ace Lintock gesessen haben mußte. Nach wenigen Schritten standen wir am Waldrand, blickten nach rechts und schauten eine leicht abwärts führende, freie Fläche hinab, die erst am Ufer des Sees endete.

»Wir sind da!« sagte Bill. Es klang irgendwie erleichtert. »Und es sieht alles so aus, wie ich es mir vorgestellt habe.«

»Enttäuscht?«

»Sicher, John.«

»Warum?«

»Ich habe einen verdammten Zombie erwartet, um ihm eine Kugel in den Schädel schießen zu können. Das wäre das absolute Sahnehäubchen gewesen.«

Suko dachte da realistischer. »Von den drei Zombie-Jägern haben wir nichts gesehen.«

»Die kennen sich hier aus.«

»Außerdem sind sie bestimmt schon hier gewesen«, meinte Bill. »Laßt uns zum See gehen.«

Dagegen hatte keiner etwas.

Auf dem Weg dorthin dachte ich wieder an den Videofilm. Es war schon schaurig, diese Strecke zu gehen und dort stehenzubleiben, wo dieser Mann auf so fürchterliche Art und Weise ums Leben gekommen war. Da war es schon verständlich, daß ich eine Gänsehaut bekam.

Der Boden war feucht und glatt. Auf dem ruhigen Wasser lagen die ersten grauen Schleier. Wenn die Nacht einbrach, würden sie sich bestimmt zu einem dichten Nebel zusammenballen. Das kannte ich aus dem Norden unseres Landes.

Der See lag ruhig vor uns. So gut wie keine Welle kräuselte die Oberfläche, denn auch der Wind war eingeschlafen. Es schien, als wäre er den Befehlen eines Mächtigeren gefolgt.

Anhand der Spuren auf dem Boden war zu sehen, wo die beiden gekämpft hatten. Das Blut war eingetrocknet und hatte seine Farbe gewechselt. Es sah jetzt nicht mehr rot, sondern braun aus und klebte an den verschiedensten Stellen.

Ace Lintock hatte sich gewehrt, das wußten wir aus dem Film. Aber er war letztendlich zu schwach gewesen. Frische Spuren mochten vorhanden sein, aber nicht so leicht zu entdecken, weil sich das Gras wieder aufgerichtet hatte.

»Ich glaube nicht, daß er wieder an den Tatort zurückkehrt«, sagte der Reporter. »Wir müssen ihn woanders suchen. Ich kann mir gut vorstellen, daß er sich um die drei Zombie-Jäger kümmert. Wie ich ihn einschätze, wird er ihnen keine Chance geben.«

Da mußten wir Bill recht geben. In der Theorie steckenzubleiben, hatte keinen Sinn. Es war wichtig für uns, die drei Männer zu finden und aus der Gefahrenzone zu schaffen, auch wenn das nicht so einfach sein würde, weil sie vermutlich uneinsichtig waren.

»Wo beginnen wir mit der Suche?« fragte Suko.

»Wir könnten um den See gehen.«

»Nicht schlecht, John. Aber wir bleiben zusammen und …«

»Verdammt, was ist denn das?« flüsterte Bill plötzlich, nachdem er sich heftig gedreht hatte.

Auch wir fuhren herum.

Dann sahen wir es.

Auch wir gerieten in Staunen, denn damit hatten wir nicht rechnen können.

Vor unseren Augen brach der Hochsitz zusammen!

Es war keine schaurige und gruselige Szene, trotzdem waren wir mehr als überrascht und spürten auf unserer Haut die kalte zweite. Der Hochsitz stand noch, aber er schwankte von links nach rechts, und während dieser Bewegungen hörten wir es in seinem Holz knacken. Die Geräusche gefielen mir nicht. Sie hörten sich an wie das langsame Brechen von Knochen.

Dabei war es nicht der Sitz.

Seine Pfosten knickten weg. Das Oberteil mit der Sitzbank und dem darüber gebauten Dach aus Holzbohlen geriet ebenfalls ins Schwanken. Es sackte auch nach unten, und plötzlich gab es nichts mehr, was den Hochsitz noch hätte halten können.

Er krachte in sich zusammen und kippte zugleich nach vorn. Dabei lösten sich Trümmer, die uns entgegenfielen, so daß wir Gefahr liefen, davon getroffen zu werden.

Sie landeten vor uns auf dem weichen Boden, rutschten noch ein Stück weiter, wurden jedoch nicht gefährlich.

Dann war so gut wie nichts mehr da. Nur Holzstümpfe ragten noch aus der Erde. Da wo sie gebrochen waren, schimmerte das helle Holz hindurch. Mehr war nicht zu sehen.

Bill hatte seinen witzigen Moment und fragte mich: »Hast du den umgeblasen?«

»Klar, hast du das nicht gemerkt?«

Er schwieg.

Auch Suko sagte kein Wort. Uns war klar, daß dieser Hochsitz nicht auf uns gewartet hatte, um dann zusammenzubrechen. Dafür zeichnete sich eine andere Kraft verantwortlich, die wir nicht sahen, die aber vorhanden war und sich in der Tiefe der Erde verborgen hielt.

Da gab es nur eine Vermutung, die ich flüsternd aussprach. »Mandragoro? Es könnte unser Freund gewesen sein.«

»Freund ist gut«, sagte Suko.

»Und wo steckt er?« Bill ging vor. Er griff nach einem Stück Holz und schleuderte es in den See. »Verdammt, wenn er etwas von uns will, soll er sich zeigen.«

»Es ist eine Warnung gewesen«, sagte ich.

»Und? Willst du sie akzeptieren, John?«

Ich blickte Bill an. »Auf keinen Fall. Wir werden bleiben, aber ich möchte versuchen, Kontakt mit ihm aufzunehmen.«

»Du kannst ihn ja rufen wie Rapunzel.«

Ich kümmerte mich nicht um seine Worte. Bill war etwas angeschlagen, kein Wunder nach dem Film. Zudem hielten wir uns noch an dem Ort auf, an dem das Schreckliche passiert war.

Ich ging dorthin, wo einmal der Sitz gestanden hatte. Jetzt mußte ich über die Reste hinwegsteigen, aber ich hatte das Kreuz frei liegen und spürte auch seine Erwärmung.

Er war also in der Nähe. Er lauerte hier irgendwo. Möglicherweise wartete er sogar auf mich, und wieder spürte ich das Kribbeln auf meiner Haut.

Der Hochsitz hatte dicht am Waldrand gestanden. Genau dort blieb ich stehen und schaute in dieses dämmrige Gebiet hinein. Mandragoro war ein Dämon, der nicht in einer bestimmten Gestalt erschien. Er konnte sich wunderbar tarnen und verließ sich dabei auf die Deckung der Natur.

Ich hatte ihn schon in Bäumen und Wurzeln gesehen, die sich dann zu einem uralten Gesicht verformt und verzogen hatten. Manchmal war seine Stimme wie das Wispern des Windes gewesen, aber hier war es windstill. Selbst das Wasser bewegte sich nicht.

Ich wartete.

Ich suchte den Kontakt.

Eine halbe Minute verstrich, dann eine Minute. Suko und Bill warteten am Ufer. Sie griffen nicht mehr ein und ließen mich in Ruhe. Im Wald selbst erlebte ich keine Veränderung. Die Starre blieb wie ein gemaltes Bild. Kein Rascheln, kein Laub, das über den Boden fuhr, und es tauchte auch der Killer nicht auf.

Und doch war er da.

Er hatte auf mich gewartet, ich spürte ihn. Es war keine Windbö, es war eine Stimme aus dem Wald hervor. Ein Rascheln, ein Flüstern, ein Raunen – Geräusche, die gemeinsam die Stimme ergaben und wiederum Wörter formten.

»Wir haben uns lange nicht gesehen, John Sinclair. Aber ich wußte immer, daß es dich noch gibt.«

»Ja, wie du siehst«, flüsterte ich zurück.

»Warum bist du gekommen? Weshalb hast du dich eingemischt? Es ist nicht deine Sache. Denk daran, daß wir einen Frieden oder Kompromiß geschlossen haben.«

»Das habe ich nicht vergessen. Ich habe ihn auch mit dir geschlossen, aber nicht mit einem Kannibalen oder einem Zombie. Ich glaube daran, daß er nicht nur aus eigenem Antrieb gehandelt und einen Menschen auf so fürchterliche Weise getötet hat. Ich habe geahnt, daß mehr dahintersteckt, und ich habe mich nicht getäuscht. Du bist es, der ihn leitet. Du allein, Mandragoro.«

»Ja, da hast du recht.«

»Warum? Warum hast du wieder zu diesen Mitteln gegriffen? Warum der Mord?«

»Kein Mord, John Sinclair.«

»Was dann?«

»Es ist eine Rache!«

Beinahe hätte ich gelacht. »Wirklich eine Rache an diesem einen Menschen? Was hat er dir getan?«

»Es wird nicht bei dem einen bleiben. Es gibt noch drei andere, die in meine Welt eingedrungen sind. Sie werde ich mir ebenfalls noch holen.«

»Was haben sie denn so Schlimmes getan, daß du sie töten willst?«

»Sie waren Feinde der Natur.«

»Weil sie gejagt haben?«

»Ja, weil sie jagten. Weil sie keine Rücksicht nahmen. Sie drangen in meine Welt ein. Sie schossen. Sie töteten Tiere. Sie nahmen keine Rücksicht. Sie haben auch Bäume fällen lassen, die nicht krank waren. Ich höre die Schreie der Bäume noch in meinen Ohren gellen, aber sie kannten keine Gnade. Deshalb habe ich mich entschlossen, sie ebenfalls zu töten.«

»Durch einen Helfer.«

»Er steht mir zur Seite.«

»Ein Kannibale. Woher kommt er? Hast du einen Toten erwecken können?«

»Nein, aber er ist mein Geschöpf. Ich habe ihn menschenähnlich werden lassen. Er ist jemand gewesen, der aus seiner anderen Welt in meine hinein floh. In diesen Wald, in dem er sich versteckt gehalten hat, damit er nicht gefunden wurde.«

»Wer hat ihn denn gesucht?«

»Deine Freunde und Kollegen.«

»Die Polizei also. Bestimmt nicht ohne Grund?«

»Er war ein entflohener Sträfling, wie er mir gegenüber eingestanden hat. Er wollte auch nie mehr zurück, und deshalb habe ich ihn bei mir aufgenommen. Ich habe ihm erklärt, daß der Mensch und die Natur eins sind. Daß man nur den entsprechenden Weg zu finden braucht, um daraus eine echte Einheit zu machen.«

»Wie hast du das geschafft?«

»Es ist mein Geheimnis, aber du weißt selbst, daß ich in der Lage bin, vieles in der Natur zu bewegen. So ist er einer meiner Diener geworden. In seinen Adern fließt noch menschliches Blut, aber auch der Saft der Natur, der die Pflanzen, Blumen und Bäume immer wieder zu neuem Leben erweckt. Er ist das Wesen, wie ich es mir vorstelle. Er ist Mensch und Erbe der Natur zugleich. Er ist nicht nur eine magische Wurzel, eine Alraune wie du sie kennst. Er ist bereits eine Stufe höher. Noch nicht perfekt, aber ich kann damit umgehen, John.«

»Ja, und er ist ein brutaler Killer, der die Menschen nicht nur tötet, sondern noch etwas anderes mit ihnen macht. So ist er eine Art von Bio-Ghoul.« Ich mußte diesen Ausdruck einfach sagen, so lächerlich er sich auch anhörte, aber mir fiel in diesem Moment kein anderer Vergleich ein.

Mandragoro akzeptierte ihn.

»So kannst du mein Geschöpf durchaus ansehen, Sinclair.«

»Wie nett«, sagte ich sarkastisch. »Dann wird es sicherlich auch weiterhin morden.«

»Er muß es tun. Ich möchte den Wald säubern. Und ich werde ihn auch in der Zukunft reinhalten. Aber er ist erst der Anfang. Ich werde viele neue Helfer bekommen, und ich lasse mich nicht daran hindern. Auch nicht von dir und deinen Freunden, John Sinclair. Auf dieser Basis können wir nicht zusammenkommen.«

»Hast du damit unseren Burgfrieden gebrochen?«

»Nein, ich nicht. Es liegt an dir.«

»Du kennst mich!« rief ich in den Wald hinein. »Du weißt, daß der Schutz des menschlichen Lebens bei mir an erster Stelle steht. Ich habe ein Versprechen darauf abgelegt, und ich stehe dafür ein, dieses Versprechen zu halten.«

»Laß mir die drei anderen!«

»Nie!«

»Es ist schade, John Sinclair. Dabei gibt es doch so viel Gemeinsames zwischen uns.« Er ging nicht näher darauf ein, und ich war auch nicht darauf erpicht. Aber ich hatte schon bei seinen letzten Worten gehört, wie seine Stimme allmählich versickerte und schließlich wie ein raunender Windhauch verwehte, als wäre sie von all den Bäumen und dem Strauchwerk verschluckt worden.

Der Wald lag vor mir wie ein großes düsteres Zelt, aus dem auch das letzte Leben verschwunden war. Ich sah keine Bewegung wie sonst bei einem Treffen mit Mandragoro. Es veränderte sich kein Baum. Es bewegte sich auch keiner. Es schlugen weder Zweige noch Äste nach mir, doch ich wußte, daß so etwas passieren konnte.

Langsam drehte ich mich um. Es gefiel mir nicht, dem Wald den Rücken zuzuwenden, doch ich wollte meinen Freunden normal entgegengehen.

Sie warteten auf mich. Jetzt war wieder Wind aufgekommen und strich auch über das Wasser hinweg, um dessen Oberfläche zu wellen.

Suko und Bill erkannten an meinem Gesicht, daß sich was getan hatte. Bill konnte seine Ungeduld nicht mehr zügeln. »Rede schon!« flüsterte er.

»Ich habe mit ihm gesprochen.«

»Aber nicht mit dem Zombie.«

»Nein, mit Mandragoro.« Ich ließ das Kreuz wieder verschwinden. »Er hat sich gemeldet.«

»Was gibt es denn? Du bist doch so etwas wie ein Freund von ihm, John.«

»Um Himmels willen, nein. Wenn mich nicht alles täuscht, hat er unseren Burgfrieden sogar aufgelöst. Es sieht für uns nicht besonders gut aus. Für die Zombie-Jäger natürlich auch nicht. Er will sich eben auf keinen Kompromiß einlassen.«

»Was will er dann?« fragte Suko.

»Rache!«

»Ach. Und wofür?«

Ich erklärte meinen Freunden, was ich von dem

Umwelt-Dämon erfahren hatte. Sie konnten ihn ebensowenig begreifen wie ich und schüttelten mehrmals den Kopf.

»Der ist doch verrückt!« flüsterte Bill. »Einen Menschen oder einen Golem herstellen zu wollen. Der ... der ... greift ja in die Schöpfung ein.«

»Wie auch immer, Bill, er hat es geschafft. Wie ich ihn verstand, ist dieser Kannibale wohl ein Prototyp, doch er scheint damit zufrieden zu sein.«

»Verrückt. Der ist größenwahnsinnig.« Bill schlug mir gegen die Schulter. »Himmel noch mal, das können wir nicht zulassen. Wir müssen dagegen angehen, und das mit allen Mitteln. Du hättest dein Kreuz einsetzen können und ...«

»Reg dich ab. Es gab kein Ziel.«

»Wie?«

»Ich sah ihn doch nicht und hörte nur seine Stimme. Das habe ich doch schon gesagt. Die Dinge sind eben nicht so einfach.«

»Dann weiß ich auch nicht weiter, John.«

Suko wurde wieder sachlich. »Wir sollten uns um die drei Jäger kümmern, bevor es dieser Zombie tut.«

»Nichts lieber als das. Wo können wir sie finden?«

»Das hätte dir Mandragoro sagen müssen!« flüsterte Bill.

»Du kannst ihn ja fragen.«

Wir waren wirklich ratlos. Um überhaupt etwas zu tun, holte Bill die Karte hervor, schlug sie auf und hielt sie mit beiden Händen fest. »Okay«, sagte er, »schauen wir uns die Gegend noch einmal genau an. Wir stehen hier am See. Im Norden gibt es einen Campingplatz, aber der ist gar nicht auf der Karte verzeichnet. Ich glaube nicht, daß sie dort so was wie ein

Basislager aufgeschlagen haben. Ich kann mir vorstellen, daß sie ein geländegängiges Fahrzeug benutzen. Im Gegensatz zu unserem kommen sie damit direkt in das Gelände hinein. Es gibt ja noch einige Wege oder schmale Straßen, wie hier eingezeichnet ist. Dann wird uns nichts anderes übrigbleiben, als uns auf die Suche danach zu machen. Irgendwo muß der Wagen stehen.«

Er wartete jetzt auf unsere Meinung. Suko gab seine als erster bekannt. »Das ist eine Möglichkeit, aber keine, die mir gefällt.«

»Warum nicht?«

»Weil sie zu viel Zeit kostet, Bill.«

»Akzeptiert. Was sagst du dazu, John?«

»Ich schließe mich Sukos Meinung an. Wir müssen eine andere Möglichkeit finden.«

»Die wäre mir auch lieber.«

»Am besten wäre es, wenn uns die Kreatur des Mandragoro über den Weg laufen würde. Aber die werden wir wohl nur dort finden, wo sich auch die drei anderen aufhalten.«

»Ja, und deshalb ...«

Wir zuckten zusammen. Keiner sprach mehr, denn wir hatten die knatternden Geräusche gehört, die über den See wehten. Da gab es nur eine Erklärung.

Schüsse!

Die aber waren verdammt weit entfernt gefallen ...

Sie hatten getankt, und sie waren sich vorgekommen wie Soldaten, die in den Krieg zogen.

Die drei Zombie-Jäger kannten die Gegend wie ihre eigenen Wohnungen. Sie brauchten auch nicht die offiziellen Wege zu nehmen, und so prügelte Truman Black seinen Range Rover quer durch das Gelände, solange ihnen keine Bäume den Weg versperrten.

Es gab wirklich eine kürzere Strecke zum Wasser hin. Sie war auch nicht bewaldet, sondern nur von Buschwerk und hohen Gräsern bedeckt, das der Geländewagen immer schaffte.

Seine Reifen wühlten sich auch durch die weichere Erde, und am Himmel zogen sich die Wolken allmählich zu. Es gab dort keinen Sonnenball mehr. Der Nachmittag war weiter fortgeschritten und ging in den Abend über.

Sie sprachen nicht. Sie wußten, wo sie anhalten mußten. Es gab da eine Stelle nahe des Wassers, die ihnen gehörte. Sie hatten sich dort eine Hütte gebaut, die im Prinzip nichts anderes war als ein nach vorn hin offener Unterstand mit Sicht auf das Wasser. Wenn es mal regnete, bot der Ort Schutz, und auch mit ihren Frauen und Freunden hatten sie im Sommer dort schon Grillfeste gefeiert.

Die Zeit war vorbei. Daran dachte auch keiner, denn ihre Gedanken drehten sich um andere Dinge, die die nahe Zukunft noch für sie bereithielt. Sie waren davon überzeugt, den Kannibalen zu finden. Obwohl das Gelände unübersichtlich war, würde er sich zeigen. Er mußte einfach kommen. Sie wollten ihn provozieren, um ihn dann in eine Falle laufen zu lassen.

Truman Black fuhr. Er war ebenso aufmerksam wie die anderen. Seine Augen bewegten sich ständig. Er suchte die Gegend vor dem Wagen ab. Er achtete auf Bewegungen, auch irgendwelche fremden Geräusche, auf Schatten, die plötzlich auftauchten und am Wagen vorbeihuschten wie vorhin die drei Rehe. In seiner Phantasie stellte er sich einiges vor, aber es passierte nichts.

Dafür sah er bereits den See vor sich, der ihn an ein übergroßes dunkles Auge erinnerte, dem keine Pupille mitgegeben worden war. Die Männer kannten den See. An heißen Tagen hatten sie schon in seinem Wasser gebadet oder waren mit dem Boot gefahren. Das waren nur noch Erinnerungen, aber sie tauchten auch vor Truman Black auf, der das Lenkrad mit beiden Händen umklammert hielt. Es war nicht einfach, den Rover zu lenken. Das lag nicht am Fahrzeug selbst, sondern an den Unebenheiten des Bodens, der doch immer für ein heftiges Schaukeln und Schlingern des Autos sorgte.

»Nichts«, meldete sich Carlesi vom Rücksitz her. »Das verdammte Zombie-Schwein hat sich verkrochen.«

»Es wird kommen«, behauptete Rob Wilson. »Verlaß dich drauf.«

»Was macht dich denn so sicher?«

»Sein Hunger«, erklärte Wilson mit hart und bitter klingender Stimme. »Der Kannibale riecht Menschen. Er weiß genau, wo er seine Pfründe findet.«

»Hört jetzt auf«, beschwerte sich Black. »Mir reicht es. Ich will endlich in unsere Hütte. Dann müssen wir auf jeden Fall zusammenbleiben. Keine Einzelaktionen, versteht ihr?«

»Ja, wie besprochen.«

Sie schwiegen wieder. Die Nähe des Sees machte sich auch auf eine andere Art und Weise bemerkbar, denn vom Wasser her krochen die Schwaden wie graue, zittrige Geisterarme den Boden entlang und überwanden jedes Hindernis. Sie hatten bereits den Wagen erreicht.

Wilson und Carlesi prallten zugleich gegen die Decke, als der Rover von unten her einen mächtigen Stoß erhielt. Beide fluchten. Nicht der Fahrer, der hatte sich am Lenkrad festhalten können, aber er wurde von seinen Freunden ausgeschimpft.

»Kannst du nicht aufpassen?« riefen beide wie im Chor.

»Das war ich nicht.«

»Wie?«

»Ich war es nicht, Sean.«

»Wer dann?«

»Keine Ahnung, verdammt. Ich bin jedenfalls nicht in ein Loch gefahren.«

Sean und Robert blickten sich an. Wilson hatte sich dazu drehen müssen. »Es ist wirklich so gewesen, Sean. Ich sitze ja hier vorn. Ich habe auch nichts gesehen.«

»Das war, als hätte eine riesige Faust den Range Rover in die Höhe gestoßen.«

»Ja, kam mir auch so vor.«

Sean Carlesi griente scharf. »Der Zombie?« In seinen braunen Augen lag ein helles Glitzern.

»Quatsch.«

»Wäre aber nicht schlecht gewesen, ihn plattzufahren.«

Wilson drehte sich wieder um, damit er nach vorn schauen konnte. Sie waren vorhin von einer leichten Anhöhe nach unten gefahren und befanden sich jetzt auf dem gleichen Niveau mit dem Gewässer. An den harten Schlag dachten sie zwar immer noch, aber wichtiger war für sie der Blick nach vorn.

Der Ufergürtel aus Schilf und Gestrüpp hätte von eingeschaltetem Fernlicht schon erreicht werden können, doch die Männer fuhren ohne Licht. Dunst drängte sich über dem Wasser zusammen. Manchmal fuhr der Wind hinein und veränderte ihn zu schwachen Figuren, die irgendwo verwehten.

Es gab keine Menschen in der Nähe. Nichts wartete auf sie, und trotzdem war ihnen nicht wohl. Keiner sprach davon, sie spürten es nur. Es lag etwas zwischen ihnen, das erst in der letzten Zeit entstanden war. Truman mußte den Wagen etwas nach rechts lenken, um die Stelle zu erreichen, an der ihre Hütte stand. Sie war nicht so bald zu sehen, weil sie von einem Ring aus Buschwerk und zwei kleinen Krüppelbäumen umgeben war. Zum See hin allerdings hatten die Männer das Gelände gerodet. So war der Weg zu ihren drei Kähnen frei, die kieloben an Land lagen.

Je näher sie auf das Ziel zu fuhren, um so deutlicher spürte Truman Black den Schweiß auf der Stirn. Der Mann hielt die Lippen fest zusammengedrückt und dachte wieder an einen Soldaten im Krieg, der jeden Augenblick mit einem heimtückischen Angriff rechnete.

Vor ihnen tat sich nichts.

Er wollte sichergehen.

Fernlicht!

Plötzlich strahlte es auf, doch es hatte keinen Sinn. Noch nicht bei dieser Helligkeit. Auf die Dämmerung würden die Männer noch eine Weile warten müssen.

»Was war?« fragte Carlesi.

»Nichts. Nur eine Probe.«

»Du bist nervös, wie?«

»Du nicht?« fragte Truman.

»Ja, verflucht, das bin ich. Ich bin auch verdammt nervös. Ich habe das Gefühl, schon jetzt in einer Falle zu stecken. Ich wollte, es wäre schon morgen früh.«

Der Fahrer gab keine Antwort. Er wollte nicht mehr reden, aber Carlesi hatte ihm aus dem Herzen gesprochen. Es waren auch nur mehr ein paar Meter, dann konnten sie anhalten und aussteigen.

Wieder passierte es.

Diesmal war der Schlag noch härter. Auch Black verlor die Kontrolle. Seine Hände rutschten vom Lenkrad ab, auch die Füße verloren den Kontakt mit den Pedalen. Er würgte den Motor ab, kippte nach vorn, dann wieder zurück, hörte die Flüche seiner Freunde, und der Range Rover bockte wie ein alter Esel, der nicht mehr seinen Weg gehen wollte. Es mußten schon gewaltige Kräfte sein, die gegen ihn hieben, und sie kamen immer wieder von unten.

In diese dumpfen und auch krachenden Laute hinein drang ein anderes Geräusch. Ein hart klingendes Brechen und Knirschen, das plötzlich verstummte, als der Range Rover einsackte und sich nicht mehr von der Stelle rührte.

Nach einer Weile erst hatten sich die drei Freunde beruhigt. Aber sie stiegen nicht aus. Wie Ölgötzen blieben sie auf ihren Sitzen regelrecht kleben. Daß Sean Carlesi Blut aus der Nase lief, bekam er selbst nicht mit. Er war mit dem Gesicht gegen eine Scheibe geprallt und hatte sich die Nase gestoßen.

Black fand die Sprache als erster zurück. Er drehte sich seinem leichenblassen Nebenmann zu und wußte genau, daß sein Gesicht auch nicht anders aussah. »Verdammt, was ist das gewesen, Rob?«

»Keine Ahnung. Aber nicht der Zombie!«

Truman nickte. Hinter ihm wollte Carlesi es nicht wahrhaben. »Wieso nicht der Zombie? Welcher Scheißkerl sollte denn noch hier herumlaufen?«

»Das weiß ich doch nicht.«

»Du mußt es doch gesehen haben, Truman.«

»Nein, das habe ich nicht. Es war unter dem Wagen und nicht vor uns. Ich konnte nichts sehen.«

Robert Wilson hatte sich zurückgehalten und rückte jetzt mit einem anderen Vorschlag heraus. »Hört auf, euch zu streiten. Ich will nicht im Auto bleiben. Wir müssen aussteigen. So klemmen wir fest wie in einer Falle.«

Der Meinung waren die anderen beiden auch, und so öffneten sie vorsichtig die Türen.

Truman war als erster draußen. Er hatte seine Schrotflinte mitgenommen, trat vom Auto weg, hielt die Waffe schußbereit und schaute sich um.

Er hielt Wache. Auch für Carlesi, der das Fahrzeug zitternd verließ. Er hielt sein Gewehr fest, und dessen Mündung zitterte mit.

Auch Wilson hatte den Wagen auf der anderen Seite verlassen, und er war es, der fluchte. Bevor die anderen etwas fragen konnten, gab er die Erklärung ab. »Alle vier Reifen sind zerfetzt. Wie von einem verdammten Messer.«

»Was?« schrie Carlesi. »Bist du verrückt, das kann nicht sein!« Er war nicht mehr zu halten, bückte sich, schluchzte auf, als er den ersten Reifen sah, rannte um den Range Rover herum und sah sich auch die drei anderen an. Außer Atem blieb er bei seinen Freunden stehen. Die Augen waren weit aufgerissen. Er konnte nicht mehr sprechen und schnappte nach Luft.

»Alle zerschnitten – alle!« schrie er und hieb das

Gewehr mit dem Kolben auf den Boden. »Das ist nicht mehr ...«

»Beruhige dich doch!« fuhr Truman Black ihn an. »Es ist noch nichts verloren.«

»Ha, ha, ha ... du verdammter Idiot. Was sagst du da? Nichts verloren? Alles ist verloren. Wir stecken bis zum Hals in der Scheiße. Und daran sind andere schuld.«

»Du meinst den Zombie, Sean?«

Carlesi blickte sich um. Dabei bewegte sich sein Kopf ruckartig. »Nein, nicht der Zombie. Nicht er. Das ist nicht möglich. Ehrlich nicht. Auf keinen Fall. Habt ihr ihn gesehen? Ich nicht. Da gibt es noch ... ähm ... was anderes«, hechelte er, »versteht ihr?«

»Was denn?«

»Ich weiß es nicht, Rob. Ich habe, verdammt noch mal, nicht die geringste Ahnung. Aber es hat uns erwischt, das steht fest. Da ist was passiert, verflucht.«

Robert Wilson und Truman Black wußten nichts darauf zu erwidern. Wilson besah sich ebenfalls die Reifen, während sein Freund Robert wie angenagelt auf der Stelle stehen blieb und sich nur seine Augen bewegten, mit denen er die Umgebung absuchte. So unrecht hatte Sean Carlesi nicht. Da mußte noch etwas anderes vorgefallen sein, und wenn er diesen Vorfall einer fremden Kraft in die Schuhe schob, hatte er sicherlich nicht so unrecht.

Keiner von ihnen kannte sich mit Zombies oder ähnlichen Geschöpfen aus. Sie hatten mal Filme darüber gesehen, aber die Wirklichkeit hatte doch nichts damit zu tun. Jedenfalls waren sie bisher der Meinung gewesen. Nun stimmte es nicht mehr. Da hatte sich die Welt auf den Kopf gestellt.

Es war der Ort am See, den sie sich selbst ausgesucht hatten. Sie hatten ihn am besten gefunden. Sie alle waren begeistert gewesen. Nun aber kam er ihnen so fremd vor. Anders und so verdammt kalt, wobei diese Kälte eine andere war als die im Winter oder im Herbst. Sie kam mehr von innen und machte die drei Zombie-Jäger selbst zu Gejagten. Die eigene Seele oder das Unterbewußtsein schickte ihnen eine Warnung zu.

Robert Wilson entfernte sich ein paar Schritte vom Rover und ging auf den See zu. Noch vor dem Schilfgürtel blieb er stehen, das Gewehr im Anschlag. Er schaute auf die von ihnen gebaute Hütte, die zum See hin offen war. Das Dach ragte so weit vor, daß mehrere Personen darunter Schutz finden konnten. Flach und düster lag das Gewässer davor.

So sehr sich Wilson auch anstrengte, er sah nichts, was ihn hätte beunruhigen müssen. Es mochte auch daran liegen, daß die grauen Schwaden dichter geworden waren und sich darunter gewisse Dinge verstecken konnten.

»Siehst du was?« rief Truman.

»Nein, nichts. Es ist wie verhext.«

Sean Carlesi konnte sein Lachen nicht zurückhalten. »Ja, wunderbar, Truman. Du hast es gesagt. Es ist wie verhext. Genau der richtige Ausdruck. Daran glaube ich auch. Diese Scheiße hier ist verhext worden, und wir stehen mittendrin. Ist das nicht toll?«

Wütend fuhr Black herum. »Jetzt reiß dich mal zusammen, verdammt. Du bist doch keine Memme.«

»Nein, bin ich nicht. Will ich auch nicht sein, verflucht. Aber ich weiß genau, daß ich an eine Grenze gelangt bin.«

Bei Truman zogen sich die Brauen zusammen. Er drückte seine Brille hoch, ein Zeichen, daß er sich ärgerte. »Was genau soll das heißen, Sean?«

»Das kann ich dir sagen.«

»Bitte.«

Carlesi wartete noch, bis auch Robert Wilson in seiner Nähe stand. »Noch ist es Zeit«, flüsterte er scharf. »Ich weiß, daß es in euren Augen nicht richtig ist und auch wie Verrat aussieht. Aber das geht mir am Arsch vorbei, versteht ihr?«

»Nein«, sagte Rob Wilson in einem leicht singenden und auch lauernden Tonfall, der seine Antwort Lügen strafte. »Da müßtest du schon etwas genauer werden.«

Sean ging sicherheitshalber einen Schritt zurück. »Ich ... ich ... will nicht mehr. Ich haue ab. Es hat sich so ergeben.« Er hielt sein Gewehr jetzt nur mit der rechten Hand fest. Mit der linken winkte er ständig ab. »Hört ihr? Es hat sich so ergeben. Mehr kann ich euch nicht sagen. Ich will nicht länger hier bei euch bleiben. Ihr könnt euch aufregen oder nicht, aber ich habe mich entschlossen. Und wenn ihr vernünftig seid, dann haut ihr mit mir zusammen ab. Es ist das beste, was euch passieren kann. Hört auf den guten alten Sean. Ich sehe es wirklich besser, ehrlich.«

»Du denkst nicht an Ace?« fragte Truman leise.

»Nein, warum? Er ist tot. Tut mir leid, echt. Aber ich kann nichts daran ändern. Mag er auch noch so beschissen gestorben sein, ich kann ihn nicht wieder zurückrufen.«

»Er war unser Freund!«

»Toll!« rief Carlesi. »Toll, wie du das gesagt hast, Rob. Aber hat sich Ace an die Regeln gehalten, frage ich dich? Nein, das hat er nicht getan. Er ist allein losgezogen, um die Bestie zu stellen. Er wollte den Ruhm ernten oder was auch immer. Da hat er Pech gehabt. Er hätte sich an die Regeln halten sollen, nicht wir.«

»Dann brichst du unseren Schwur!« flüsterte Wilson und schüttelte den Kopf.

»Wenn es um mein eigenes Leben geht, schon. Ich will nämlich nicht sterben, versteht ihr das?«

»Das wollen wir auch nicht.«

»Dann kommt mit. Laßt den ganzen Mist hier sein. Ich jedenfalls haue ab.«

»Wenn du das wirklich tust«, erklärte Truman Black, »ist auch unsere Freundschaft dahin.«

»Ja, ja, soll sie doch. Aber ich bleibe am Leben. Kann sein, daß man mich irgendwann ruft, weil man eure Reste hier gefunden hat. Aber meine Knochen sollen hier nicht in der Sonne bleichen. So sehe ich das. Wir brauchen die Jagd nicht aufzugeben. Wir können uns nur etwas anderes einfallen lassen. Aber dazu müssen wir uns in Ruhe zusammensetzen. Na, was ist? Was höre ich?«

Carlesi hörte nichts. Er sah nur, wie Truman Black den Kopf schüttelte und Robert Wilson es ihm nachmachte. Und beide wirkten verdammt entschlossen.

»Gut«, sagte Carlesi und pustete die Luft aus. »Ich habe euch verstanden. Kann ich sogar begreifen. Aber ich bin nicht ihr. Ich gehe jetzt. Und versucht nicht, mich aufzuhalten.«

»Das werden wir nicht«, erklärte Wilson. »Du kannst gehen. Ich wünsche dir viel Glück für die Zukunft.«

Sean Carlesi war überrascht. Er konnte sogar lachen. »Also ... also ich kann wirklich gehen?«

»Bitte.«

Er ging, aber nur zurück. Er lachte, es klang falsch. Sean wußte, daß in diesen Augenblicken das Band der Freundschaft zu den beiden anderen zerrissen war, aber darum konnte er sich jetzt nicht kümmern. Er nickte ihnen noch zu. »Trotz allem, viel Glück. Vielleicht sehen wir uns ja mal wieder und ...« Er sprach nicht mehr weiter, denn die beiden anderen hatten sich herumgedreht und wandten ihm den Rücken zu. Sie wollten nichts mehr von ihm wissen, und das zeigten sie ihm auch.

»Idioten!« flüsterte Carlesi. Dann lief er weg ...

Es ist ein Unterschied, ob man eine Strecke mit einem Auto fährt oder sie zu Fuß laufen muß. Das merkte Sean Carlesi sehr schnell, denn schon nach recht kurzer Zeit fingen bei ihm die Beine an, schwer zu werden, was auch am weichen Boden lag.

Er blieb stehen und ärgerte sich darüber, daß er in einem Anfall von Panik weggelaufen war. Anders wäre es besser gewesen. Panik und Angst schlugen sich auf das körperliche Befinden nieder. Bei sich merkte er das deutlich. Er war schnell gelaufen, er hatte zu unregelmäßig geatmet und mußte deshalb schon pausieren. Zudem war eine gewisse Übelkeit in ihm hochgestiegen. Das bedrückende Gefühl kam vom Magen her und war kein Resultat der Erschöpfung.

Hier kam auch viel zusammen. Sein Leben war bisher ruhig verlaufen, abgesehen von den kleinen Ausflügen mit seinen Jagdfreunden. Doch in den letzten beiden Tagen war alles auf einmal auf ihn eingestürmt. Sean hatte nicht feige sein wollen und sich seinen Freunden deshalb bei der Suche nach dem Killer angeschlossen.

Die ganze Gegend hatte sich verändert. Gerade er, der sensible Mensch, spürte dies. Er mußte sich zur Ruhe zwingen, was ihm nur sehr schwer gelang. Doch nach zwei, drei Minuten hatte sich auch seine Atmung wieder beruhigt, und der Sinn für die Realitäten kehrte zurück.

Das Gewehr war ihm beim Laufen eine Last gewesen. Trotzdem war er froh über seine Waffen. Für ihn war der Revolver, der in der rechten Jackentasche steckte und sie stark nach unten zog, der einzige Schutz.

Prärie oder Savanne hatten seine Freunde und er dieses flache Stück Land des Sees genannt. Es war ihnen wie eine große Wiese vorgekommen, auf der sie entspannen konnten. Dazu umgeben von einer wunderschönen Landschaft, denn da gab es nicht nur das Wasser, sondern auch die weichen Rundungen der mehr oder weniger bewaldeten Hügel, an deren Anblick Carlesi sich kaum satt sehen konnte.

Nicht mehr heute!

Nicht mehr an diesem frühen Abend. Da waren seine guten Gefühle verschwunden, und er konnte sie auch nicht zwingen, zurückzukehren. Zu viel war passiert.

Sean Carlesi hatte sich nicht verlaufen. Er kannte diese Gegend, aber in seinem Zustand mußte er sich trotzdem noch zurechtfinden. Zu stark war er von seinen Emotionen aufgepeitscht worden. Ihm fiel zuerst ein, daß er nicht unbedingt den gleichen Weg nehmen mußte. Er war beweglicher als ein Fahrzeug. Es gab die Schleichwege durch den Wald, um dann auf die Straße zu gelangen.

Ja, der Wald. Er sah ihn ebenso wie den See. Beide lagen sich praktisch gegenüber. Seine Freunde entdeckte er nicht mehr. Die hohen Gewächse nahmen ihm die Sicht, und das Wasser wurde allmählich zum Opfer der grauen Schwaden und der Eintrübung des Himmels.

Es war still geworden. Keine Vögel schrien. Kein Tier huschte durch die Landschaft. Allmählich verwandelte sich das Licht in einen etwas diffuseren Schein. Ihm kam es dunkler vor als am Tag zuvor um diese Zeit.

Die Angst war nicht verflogen.

Der Schweiß ebenfalls nicht. Er klebte auf dem Gesicht und dem Körper. Mit dem Handrücken wischte Carlesi ihn weg. Schlagartig überfiel ihn die Frage, ob er sich richtig verhalten hatte. Vielleicht wäre es besser gewesen, bei seinen Freunden zu bleiben und auch auf ihre Hilfe zu vertrauen.

Jetzt stand er ganz allein. Zwar hielt er sich in einer vertrauten Umgebung auf, doch die Angst und das Gefühl des Verlassenseins ließen sich einfach nicht vertreiben.

Selbst das Gewehr gab ihm keinen Mut und auch nicht der Revolver in der Tasche.

Sean Carlesi entschied sich ein zweites Mal. Er würde nicht zurück zu seinen Freunden kehren. Diese Blamage wollte er sich nicht geben. Noch war es hell genug, um auch durch den Wald auf die Straße laufen zu können. Wenn er das Ziel erreicht hatte, würde es ihm besser gehen, erst dann.

Er lief wieder. Er trabte. Das gefiel ihm nicht. Der

Boden war zu weich. Dann ging er mit möglichst schnellen Schritten, atmete dabei regelmäßig, hörte sich auch und hatte trotzdem das Gefühl, daß jemand anderer unsichtbar neben ihm herging und diese Atemstöße ausstieß.

»Nein, nein ... das gibt es nicht!« Er machte sich durch die schnell gesprochenen Worte immer wieder Mut und nahm dabei wieder das Tempo eines Dauerläufers ein.

Der Wald wollte nicht näher rücken. Dafür sah er den Nebel. Die graue Spur auf dem Boden. Verschieden dick oder verschieden dünn an den unterschiedlichsten Stellen. Es war wie eine Zeichnung, die sich über dem Boden ausgebreitet hatte, die er nun mit seinen hastigen Schritten zerstörte.

Es war kalt geworden. Trotzdem schwitzte er. Der Atem kondensierte vor seinen Lippen. Die Furcht trieb ihn weiter. Hinein in den Wald. Ihn durchlaufen, verstecken, dann ...

Und plötzlich sah er ihn.

Er stand da wie aus dem Boden gewachsen. Nie und nimmer hatte er damit gerechnet, diese Gestalt zu sehen. Er kannte sie aus dem Film, aber irgendwie hatte er nicht realisiert, daß es sie auch in Wirklichkeit gab.

Sie verbaute ihm den Weg. Sie war größer, als er sie von dem Videofilm in Erinnerung hatte. Sie war dunkel. War sie überhaupt ein Mensch oder eine lebendige Puppe?

Sean Carlesi schaute genauer hin. Er ärgerte sich über seinen eigenen hektischen Atem. Die Angst war ihm anzusehen, und das mußte auch die Gestalt vor ihm erkennen, die ihn aus großen, kalten Augen anstierte. Sie stand einfach nur da und hatte sich um keinen Millimeter bewegt. Er hätte sich in Bewegung setzen und an ihr vorbeilaufen können, nur das tat Carlesi nicht.

Er blieb stehen.

Er hob das Gewehr. Es kam ihm in diesem Augenblick wie ein lebensrettender Anker vor, auch wenn der Lauf sehr zitterte.

»Hau ab!« flüsterte er.

Der andere rührte sich nicht.

Vielleicht hatte er zu leise gesprochen. Er hob die Stimme. »Hau endlich ab!«

Der andere blieb stehen.

Sean Carlesi war Jäger. Er konnte schießen und auch treffen. Sogar gut treffen, das hatten ihm die anderen immer wieder bestätigt. In dieser Lage versagte er völlig. Das Gewehr wog so schwer in seinen Händen.

Er kam sich vor wie ein Anfänger, und die Gestalt machte nicht den Eindruck, als wollte sie das Feld räumen.

Sie war so widerlich sicher. Schon arrogant. Und sie war irgendwie auch wie ein Magnet, von dem sich Carlesi angezogen fühlte, denn er konnte einfach nicht an ihr vorbeischauen.

Ja, sie war menschlich. Aber sie war kein Mensch. Das konnte sie nicht sein. Sean hatte es deutlich auf dem Film gesehen. Er und seine Freunde hatten sich als Zombie-Jäger bezeichnet, und sie waren dabei, einen Zombie, einen lebenden Toten oder einen Kannibalen zu jagen. So war diese Gestalt ein Kannibale.

Aber sahen so Kannibalen aus? Menschenfresser. Dieser Begriff fuhr durch Carlesis Kopf. Zugleich war es wie eine Zündung, die bei ihm die letzten Hindernisse zur Seite schwemmte.

Zuerst schrie er auf.

Danach schoß er!

Er traf auch. Carlesi gehörte zu den guten Schützen, und er schaute zu, wie die Kugeln aus dem Gewehr in den Körper hineinhieben. Das Klatschen des Aufpralls war nicht zu hören, aber er sah, wie dieses Wesen zuckte und unter den Einschlägen zu schwanken begann.

Aber es fiel nicht.

Es ging nur zurück. Eine Kugel steckte in seinem Kopf. Irgendwo unter dem rechten Auge hatte Sean seinen Feind getroffen. Da war nichts zerplatzt, das Geschoß steckte fest, aber es hatte nicht dafür gesorgt, daß der Zombie fiel.

Er fing sich wieder.

Carlesi war perplex, obwohl er das nicht hätte seine müssen. Er hätte nur an die Szene im Film denken müssen. Da war die Gestalt ebenfalls angeschossen worden, aber nicht tot gewesen. Leider nicht. Und hier erlebte er den gleichen Vorgang.

Der Zombie schüttelte sogar den Kopf. Diese an sich harmlose Bewegung sorgte bei Carlesi für einen Adrenalinstoß. Sein Blutdruck schnellte in die Höhe. Ihm war plötzlich klar, daß er hier so leicht nicht wegkam.

Wieder wollte er schießen.

Der Kannibale war da. Sean hatte die Bewegung gar nicht mitbekommen. Die Gestalt hatte ihn erreicht. Sean stellte fest, daß sie viel größer war als er. Der Gedanke hinderte ihn an einer Reaktion.

Der Kannibale war schneller. Zwei Hände, Krallen

oder was auch immer griffen zu und erfaßten den Gewehrlauf. Mit einer schon lächerlich anmutenden Leichtigkeit hoben sie die Waffe an. Die Mündung wies gegen den Himmel, und mit ruckartigen Bewegung wurde Carlesi das Gewehr entzogen. Auch ein Nachfassen brachte ihm nichts mehr ein. Der Kolben schlug dabei noch gegen sein Kinn. Der explosionsartige Schmerz huschte durch seinen Kopf und ließ ihn wanken. Ein Tritt oder Schlag gegen die Brust schleuderte ihn zu Boden. Mit dem Rücken lag er dort, den Blick nach oben gerichtet, und schaute zu, was der Zombie mit seiner Waffe machte. Er zerstörte das Gewehr. Mit einer übermenschlichen Kraft bog er den Lauf nach unten. Als die Waffe funktionsuntüchtig war, schleuderte er sie zur Seite.

Sean Carlesi war geschockt. Er rutschte auf dem Rücken zurück. Der Atem fegte aus dem Mund. In seinen Augen lag die Panik. Die zitternden Hände fuhren an seinem Körper entlang. Plötzlich geriet ihm der Revolver zwischen die Finger.

Das geschah in dem Augenblick, als sich der Zombie wieder ihm zuwandte. Er ging einfach nur auf Sean zu. Er tat nichts mehr und war sich seiner Sache sicher.

»Du Hund! Du Bestie!« Carlesi feuerte sich selbst an. Er wollte sich nicht aufgeben.

Er feuerte im Liegen.

Und diesmal schrie er nicht. Kugel auf Kugel jagte er in den Balg der schrecklichen Gestalt. Er sah, wie Löcher gerissen wurden und kein Blut aus der Wunde quoll. Dieser Körper, der nicht aus Fleisch und Blut bestehen konnte, wurde an den Stellen nur aufgefetzt. Sogar helle Splitter oder ähnliches spritzten in die

Gegend, aber kein Geschoß war in der Lage, den Zombie zu stoppen.

Irgendwann war die Trommel leer.

Ein schreckliches Geräusch erlebte Sean Carlesi, als der Hammer auf die leere Kammer schlug. Der Kannibale war noch immer da. Er stand vor ihm und stieß sich ab, um genau auf ihn zuzufliegen.

Dann prallten beide zusammen. Zum erstenmal spürte Carlesi, wer da auf ihm lag. Er hatte die Gestalt im Reflex umfangen und wußte noch im gleichen Moment, daß er keinen normalen Menschen mit normaler Haut vor sich hatte. Diese Gestalt fühlte sich völlig anders an. Sie war glatt und rauh zugleich. Außerdem fest, vielleicht sogar biegsam, und sie schien ausschließlich aus Muskeln zu bestehen.

Dieses Wissen nutzte ihm nichts.

Eine Faust schlug zu.

Sie traf Carlesi an der Stirn. Es war ein wuchtiger Schlag, der Sterne vor seinen Augen aufblitzen ließ und ihn dann in den tiefen Schacht der Bewußtlosigkeit riß.

Für ihn war es vorbei.

Carlesi merkte nicht, wie er in die Höhe gezerrt wurde. So leicht, als hätte er kein Gewicht. Locker warf der Zombie den Bewegungslosen über seine Schulter. Er blieb für einen Moment stehen und schaute sich um.

Kein anderer war in der Nähe!

Aus seinem Maul drang ein tiefes Grummeln. Der Körper spannte sich. Er lief den ersten Schritt, den zweiten, und beim dritten Schritt rannte er bereits auf den Wald zu. Dort hatte er genügend Schutz, um sein schauriges Werk vollenden zu können ...

Ja, das waren Schüsse gewesen. Wir hatten keinen Zweifel daran. Sie waren zudem schnell hintereinander gefallen und hatten sich vom Klang aber verschieden angehört. Es mußte also aus zwei Waffen geschossen worden sein.

Wir hatten so etwas schon öfter erlebt. Wenn wir von den Schüssen überrascht worden waren, dann hatten wir immer gewußt, wo wir hinlaufen mußten. In diesem Fall war es anders. Wir konnten nur eine ungefähre Richtung bestimmen, denn hier erschienen uns die Echos irgendwie manipuliert.

Waren sie weit oder weniger weit entfernt? Am anderen Seeufer vielleicht oder auf unserer Seite? Bill und ich waren die großen Skeptiker, dementsprechend schauten wir uns an.

Suko reagierte anders. Er wies in eine bestimmte Richtung. Wir mußten uns umdrehen, um hinzuschauen.

»Da!« sagte er nur.

Es war, wenn man so wollte, die rechte oder die Ostseite des Sees, von uns aus gesehen, da wir im Süden standen. Zu sehen war nichts. Der Tag hatte sich zwar noch nicht verabschiedet, aber der Dunst breitete sich immer stärker aus.

»Bist du sicher?« fragte ich.

»Ja!«

Wir verließen uns auf ihn. Suko hatte das beste Gehör von uns dreien. Jeder von uns wünschte sich, daß sich die Schüsse wiederholten, doch es blieb still, und das konnte nichts Gutes bedeuten.

Wir sprachen nicht darüber, doch jeder von uns hatte noch die schrecklichen Motive des Films vor Augen.

Drei Zombie-Jäger waren ausgezogen, um den Kannibalen zu fassen. Sie hatten einen Fehler begangen und sich überschätzt. Ein Zombie war nicht mit einem Reh oder einem Fuchs zu vergleichen. Er war überhaupt kein organisches Wesen, sondern eine von magischen Kräften gelenkte Mordmaschine. Das hätten die Zombie-Jäger bedenken müssen, hatten es aber nicht getan, weil sie sich zu dritt so stark fühlten. Und jetzt hatte es sie erwischt.

Das waren die Gedanken, die mir durch den Kopf schossen. Ob sie zutrafen, wußte ich nicht. Wir würden vielleicht Aufklärung bekommen, wenn wir den Ort erreichten, wo geschossen worden war.

Wir nahmen an, daß er nicht weit vom Seeufer lag. Deshalb liefen wir auch relativ dicht am Wasser entlang. Suko hatte die Führung übernommen. Wie ein Scout kam er mir vor, und den Kopf hielt er dabei leicht gesenkt.

Der See hatte aus einer gewissen Distanz betrachtet recht klein ausgesehen. Den Irrtum stellten wir schnell fest. Sein Uferstreifen war doch recht lang, aber zum Glück wurden wir nicht durch Bäume gestört. Auf dem feuchten Boden wuchs nur Gras, aus dem irgendwelche schlanken Pflanzen oder Büsche hervorragten, deren Zweige sich im leichten Wind bewegten.

Als wir die schmale Ostseite des Seeufers erreicht hatten, wußte wohl keiner von uns, wie viel Zeit verstrichen war.

»Hier in der Nähe sind die Schüsse gefallen!« behauptete Suko. »Da bin ich mir ganz sicher!«

»Dann müßten ja Spuren zu finden sein«, meinte Bill.

»Ja, wenn wir Glück haben.«

»Was denkst du sonst?« fragte ich meinen Freund und Kollegen.

Suko hatte die Hände in die Hüften gestemmt. »Das ist nicht ganz einfach«, erklärte er. Er spähte angespannt in die Runde.

Ich ahnte seine Antwort schon und sprach sie aus. »Dir geht der Wald nicht aus dem Sinn.«

»Genau das.«

»Sollen wir dort suchen?«

»Das könnten wir. Wobei ich nicht glaube, daß sich die drei Zombie-Jäger dort aufhalten. So dumm sind sie nicht. Sie wissen selbst, daß der Gegner im Wald alle Vorteile auf seiner Seite hat. Da kann er jede Deckung geschickt ausnutzen. Nein, Freunde, irgendwie habe ich das Gefühl, daß wir hier fast richtig sind.«

»Dann laß uns suchen.«

Diesmal nahmen wir unsere Lampen zu Hilfe. Wir blieben auch nicht zusammen. Jeder von uns folgte dem bleichen Strahl, der mal ruhig, mal zackig über das Gelände huschte und der dunklen Erde einen hellen Glanz verlieh.

Diesmal hatte ich das Glück. Dicht vor mir blinkte etwas, das vom Schein der Lampe erwischt worden war. Es waren zwei Patronenhülsen, die ich mir näher anschaute. Durch einen Pfiff informierte ich meine Freunde.

Sie kamen auf mich zu. Durch die eingeschalteten Lampen sahen sie aus wie Bergleute, die soeben ihre Stollen verlassen hatten.

Ein Geschoß hielt ich zwischen Daumen und Zeigefinger geklemmt und leuchtete es an. »Das Ding stammt aus einem Gewehr. Ich bin praktisch darüber gestolpert.«

»Dann haben wir richtig gehört«, meinte Bill. »Jemand muß sich hier gewehrt haben.«

»Bestimmt nicht mit Erfolg. Oder habt ihr einen vernichteten Zombie gesehen?«

»Leider nicht. Das wird wohl eher umgekehrt gewesen sein«, meinte Suko. Er wollte auch, daß wir weiter suchten. Es konnte durchaus sein, daß wir einen Menschen fanden, aber die Mühe hätten wir uns sparen können, es war nichts da.

Ganz erfolglos blieb die Suche trotzdem nicht. Diesmal hatte Suko das Glück, und wir befanden uns nicht mal weit vom Fundort der Patronenhülsen entfernt.

»Schleifspuren«, meldete er. Dabei verfolgte er sie mit dem Strahl der Lampe. Das Gras war plattgedrückt worden, aber die Spur war nicht zu lang. Dann hörte sie abrupt auf, und wir gingen davon aus, daß jemand die Beute hochgehoben und weggeschleppt hatte.

Das sprach Bill auch aus. Für ihn kam nur eine Lösung in Frage. »Es ist der Wald. Der verdammte Wald. Das ist sein Revier. Aber nicht nur seines, auch das von Mandragoro, wie du ja selbst erlebt hast, John.« Seine Miene sah nicht eben glücklich aus, als er fortfuhr. »Ich denke, daß uns nichts anderes übrigbleibt, als dort nachzuschauen. Gefällt mir gar nicht.«

Uns gefiel das auch nicht. Wir kamen uns vor wie an der Nase herumgeführt. Noch hatten wir weder etwas von einem Kannibalen noch von den drei Zombie-Jägern gesehen. Mandragoro hatte mir bewiesen, wer hier das große Wort führte, und das regte mich auf.

»Warum zögerst du, John?«

Bill erhielt seine Antwort. »Weil ich bezweifle, daß wir die Jäger dort finden.«

»Wieso nicht?«

»Sie werden nicht so dumm sein und freiwillig in den Wald gehen. Das kann ich mir nicht vorstellen. Sie sind Profis. Sie haben auch den schrecklichen Film gesehen und müssen demnach wissen, wie sie sich zu verhalten haben. Ich kann einfach nicht glauben, daß sie sich im Wald versteckt halten.«

Bill schwieg. Suko sinnierte halblaut vor sich hin. »Wenn das stimmt, was du behauptest, John, halten sie sich vielleicht am Seeufer auf. Oder in der Nähe.«

»Ja.«

»Dann hätten sie uns sehen müssen. Wir haben die Lampen eingeschaltet gehabt.«

»Und weiter?«

»Warum haben sie sich dann nicht gemeldet? Das ist doch die Frage. Sie hätten erkennen müssen, daß wir keine Feinde sind. Aber ich gebe zu, daß es alles Theorien sind.«

»Es bleibt uns der Wald.« Bill änderte seine Meinung nicht.

Ich schwieg. Wenn wir jetzt in ihn hineingingen, kam es mir so vor, als sollten wir genau dorthin gelockt werden, aber das wollte ich nicht. Ich ging davon aus, daß sich der Zombie seine Opfer holte. Und zwar der Reihe nach. Einen nach dem anderen. Er würde die übrigen Männer in Angstzustände versetzen und mit ihnen spielen. Er würde warten, bis sie nicht mehr in der Lage waren, sich zu wehren, um dann zuschlagen zu können. Dann kam noch etwas hinzu, das mir große Sorgen bereitete.

Es gab Mandragoro, der die Fäden irgendwie in der Hand hielt und den Zombie leitete. Er hatte seinen verfluchten Prototypen als Rächer losgeschickt und würde nicht von seinen Plänen Abstand nehmen.

Noch war die Sicht recht gut, und ich drehte mich, um wieder zum See zu blicken.

Nein, da war nichts. Nur eben der normale Bewuchs. Dahinter die dunkle Fläche des Wassers, ruhig wie ein gefärbter Spiegel.

Und es war sehr still geworden.

Zum Glück.

Sonst hätten wir nicht den verzweifelten Ruf gehört, der uns vom Ufer des Sees erreichte ...

Der Zombie hatte seine Beute in den Wald geschleppt und zu seinem Versteck gebracht. Hier hatte er die Ruhe, die er brauchte, um sein schauriges Werk zu vollenden. Er hatte den Toten in das Laub hineingedrückt und hörte um sich herum zahlreiche Stimmen, die ihm etwas zuwisperten.

Es war der Wald, der zu ihm sprach. Jeder Baum, jede Pflanze, jedes Blatt lebte. Es war ein Stück von ihm. Er gehörte mit jeder Faser seines unheiligen Körpers dazu.

Er war gierig. Er tat es schnell. Schreckliche Geräusche waren aus der Mulde zu hören. Als er sie nach einer Weile verließ, klebte Blut an den knotigen und knorrigen Händen ebenso wie um das noch weit geöffnete Maul herum.

Er war zufrieden, aber nicht satt, und er wollte weitermachen. Es gab noch zwei andere Menschen, die auf seiner Liste standen.

Im Wald war es dunkler als außerhalb. Trotzdem konnte er sehen. Seine kalten Augen glichen denen einer Eule. Aus der Nähe wirkte sein Gesicht wie aus biegsamen Zweigen und kleinen Ästen gebastelt, die zu einem Kopf zusammengedreht worden waren.

Er konnte nicht denken. Er hatte es nie gelernt. Er wurde nur geführt. Er hing an der Leine eines anderen, der immer vorhanden war, den er aber nicht sah. Dem anderen gehörte der Wald, er herrschte über die Gegend, und er war sein Schöpfer.

Der Kannibale roch das Fleisch.

Er roch auch das dampfende und warme Blut unter der Haut. Er wußte, daß andere Menschen in der Nähe waren.

Er stampfte durch den Wald. Er suchte kein Versteck, sondern den Waldrand, um von dort aus zum See schauen zu können.

Zwischen zwei Baumstämmen und vom Unterholz verdeckt ließ er sich nieder. Der Geruch nach Menschen war auch jetzt nicht verschwunden, er hatte sich nur verändert.

Seine beiden Feinde waren nicht mehr allein. Sie hatten Verstärkung erhalten. Andere waren gekommen. Witternd wie ein Tier streckte er seinen Kopf vor, um den Geruch aufnehmen zu können.

Er war ihm fremd, aber es waren Menschen. Noch mehr Fleisch, noch mehr Blut. Sein Gesicht verzog sich. Für einen Moment sah es so aus, als würde seine künstliche Haut reißen, aber sie hielt. Nur aus der Mundhöhle drang ein pfeifender Laut.

Plötzlich duckte er sich. Etwas hatte ihn irritiert und aus der Fassung gebracht.

In den Geruch nach Mensch hatte sich noch ein

anderer hinein gemischt. Er nahm ihn als gefährlich auf. Es störte ihn. Das war etwas von einer anderen Seite, die er nicht akzeptieren konnte und die er sogar als eine Gefahr einstufte.

Einer dieser Fremden mußte diesen Geruch abstrahlen, der den Zombie so stark verunsicherte.

Sicher machte ihn die Stimme seines Herrn und Meisters, die er im Kopf hörte. Wieder setzte sie sich aus einem Raunen und Flüstern zusammen, und sie berichtete von einem sehr gefährlichen Mann mit dem Kreuz, der unterwegs war.

Aber sie beruhigte ihn auch. Mandragoro versprach ihm, sich auf seine Seite zu stellen. Er würde ihn immer beschützen und sein Dach über ihn ausbreiten, auch wenn es unsichtbar war.

Das beruhigte den Zombie. Er verließ seinen Platz im Unterholz. Nur ein leises Rascheln war zu hören. Der Blick seiner leblosen Augen war auf das Seeufer gerichtet. Da irgendwo hielten sie sich auf. Der Geruch des Bluts und auch des Fleisches konnte einfach nicht an seiner empfindlichen Nase vorbeiziehen.

Der Kannibale machte sich auf den Weg ...

Truman Black und Robert Wilson waren beide sprachlos gewesen, als sich ihr Freund Sean zurückgezogen hatte. Truman schüttelte ein paarmal den Kopf und fragte: »Wie konnte er das nur tun?«

Wilson war anderer Meinung. »Kann sein, daß er von uns dreien sogar die beste Karte gezogen hat.«

»Glaubst du?«

»Verdammt, was tun wir denn hier? Wir stehen hier herum, wir haben Schiß, das brauchst du gar nicht abzustreiten, und wir warten auf einen Kannibalen, um ihn zu töten. Dabei ist es nicht einmal sicher, ob wir das überhaupt schaffen können. Denk nur daran, daß Ace es auch nicht geschafft hat.«

»Er hat auch nur einmal geschossen«, erklärte Black.

»Ich bin trotzdem mißtrauisch. Wir stecken in einer Falle. Denk an die Reifen, an die Stöße, die unseren Wagen getroffen haben. Das ist doch nicht normal gewesen!«

»War es auch nicht«, gab Black zu.

»Und du kannst mir nicht erzählen, daß es dieser Zombie gewesen ist. Es muß noch jemand seine Hand im Spiel gehabt haben und sie noch immer haben.«

Truman enthielt sich einer Antwort. Er gab seinem Freund im Prinzip recht, nur wollte er es nicht offen eingestehen. Er war nicht frustriert, er bekam immer mehr Angst, und Rob erging es ebenso. Mit schußbereitem Gewehr umrundete er den Range Rover. Er betrachtete auch den Boden, aber es gab keine Spuren, die auf einen Angriff hingewiesen hätten. Wer immer dafür die Verantwortung trug, hatte sich sehr schnell zurückgezogen.

Als Truman wieder vor seinem Freund stand, nickte Wilson. »Ich denke, daß wir hier nicht mehr wegkommen. Zumindest nicht mit dem Auto. Wir müssen wie Sean versuchen, zu Fuß zu gehen. Fliehen, flüchten, uns verstecken. Eine andere Möglichkeit sehe ich nicht.«

»Du hast recht, Rob.«

»Dann laß uns jetzt abhauen. Sean ist bestimmt schon außerhalb der Gefahrenzone.«

Es kam nicht dazu.

Plötzlich hörten sie die Schüsse. Sie waren Fachleute genug, um unterscheiden zu können, daß aus zwei verschiedenen Waffen geschossen worden war. Zum einen aus einem Gewehr, und dann – nach einer kurzen Pause – aus einem Revolver.

»Nein, nein!« stöhnte Truman auf. Er schloß die Augen und drückte seinen Rücken gegen den Wagen. »Das ... das ist das Ende, Robert. Das ist sein Ende.«

»Wieso?« Er hat geschossen. Er kann doch ...«

»Nein, er kann nicht.« Black schaute seinen Freund traurig an. »Er hat noch eine zweite Waffe genommen. Ich befürchte, daß auch ihr Einsatz nichts gebracht hat.«

Wilson schaute auf sein Gewehr, als wollte er es beschwören. »Was machen wir denn jetzt?« fragte er.

»Ich habe keine Idee.«

»Nicht mehr flüchten?«

»Wohin?«

Beide schwiegen. Sie hingen ihren Gedanken nach. Der Dunst hatte sich gehalten. Die Dämmerung legte sich als großer Schatten auf den Himmel und würde bald mit ihren dunklen Armen nach der Erde greifen und auch den See noch finsterer machen.

»Vielleicht ist die Dunkelheit unsere Chance«, meinte Robert. »Wenn wir noch etwas warten, ist hier alles ziemlich finster. Den Mond kannst du vergessen. Er ist nicht voll und steckt auch hinter den Wolken.«

»Nein.«

»Wieso nicht?«

Black schüttelte den Kopf. »Dieser Zombie ist kein normaler Mensch. Bei dem spielt es doch keine Rolle, ob es hell oder dunkel ist. Der sieht wie eine Katze.«

»Was schlägst du vor?«

»Wir bleiben hier an der Hütte«, sagte Truman. »Hier erwarten wir ihn. Wir kennen uns hier aus. Wir haben durch die Hütte etwas Deckung. Auf der freien Wildbahn sind wir verloren.«

Robert Wilson dachte über den Vorschlag nach. »Hier die ganze Nacht warten?«

»Ich weiß nicht, ob es so lange dauert. Rob, wir haben uns das hier eingebrockt und müssen auch durch. Wir haben es ja gewollt. Wir haben den verdammten Film gesehen, der uns eigentlich eine Warnung hätte sein müssen. Aber wir fühlten uns super. Haben uns hochstilisiert zu Rächern. Wie Typen aus dem Film. Nein, dazu sind wir nicht geboren.«

»Ich gebe dir ja recht, Truman.«

Black ging jetzt auf ihre Hütte zu. Vor dem schlichten Bau stand ein gemauerter Grill. Oft genug hatten sie hier gesessen, gegessen und getrunken. Es waren schöne Feste gewesen, die nur noch in der Erinnerung lebten.

Man konnte sich im Unterstand hinsetzen. Die harte Bank war als offenes Karree gebaut worden, und Black ließ sich auf der feuchten Holzbank nieder. Er mußte es einfach tun. Sein Rücken tat ihm weh, die Beine schmerzten auch. Er war eben nicht mehr der Jüngste.

Robert wartete noch. Er schaute in das Gelände hinein und hatte der Hütte den Rücken zugewandt. Sehen konnte er nicht viel. Die Dämmerung hüllte alles ein.

Dann passierte etwas, womit keiner von ihnen gerechnet hatte. In die beklemmende Einsamkeit der Natur drang die singende Melodie eines Handys.

Wilson fuhr herum. Er sah, daß Truman das flache

Ding aus der Tasche zog und hörte dann, wie er sich meldete.

»Ich bin es, Laura.«

»Ach du. Ja.« Black war überrascht. Er wußte nicht, was er noch sagen sollte.

Dafür sprach die Witwe. »Habt ihr ihn schon gesehen?«

»Nein, noch nicht.«

»Gott, das ist schlimm. Ist er denn in der Nähe?«

»Ich habe keine Ahnung.« Black wollte der Frau nicht erzählen, daß sich Carlesi von ihnen getrennt hatte und sie Schüsse gehört hatten.

»Sind die anderen drei schon da?«

Die Frage hatte Truman Black überrascht. »Die anderen drei? Von wem sprichst du?«

»Von Bill Conolly, John Sinclair und Suko.«

»Tut mir leid, aber die Namen sagen mir nichts.«

»Es sind Freunde von mir. Zumindest einer, Bill Conolly. Ihm habe ich erzählt, was mit Ace passierte. Ich kannte ihn noch von früher aus meiner Londoner Zeit her. Er ist ebenfalls bei der Zeitung gewesen, so wie ich. Er kümmerte sich um ungewöhnliche Fälle, verstehst du das?«

»Nein, verstehe ich nicht.«

»Kann ich dir auch nicht erklären. Wenn es jemand überhaupt schafft, diese Bestie zu stellen, dann sind sie es. Das mußt du mir glauben, Truman.«

»Sorry, Laura, ich weiß nicht, was ich glauben soll oder nicht. Laß dir eines gesagt sein. Wir haben hier keinen der drei Typen gesehen. Das kann ich beschwören.«

Laura legte eine Pause ein. »Das darf doch nicht wahr sein! Sie haben mir versprochen, daß sie sich der

Sache annehmen. Ich glaube einfach nicht, daß Bill sein Wort nicht hält.«

»Und ich kann nur wiederholen, was ich weiß, Laura.«

»Ja, kannst du. Das verstehe ich auch«, flüsterte sie. »Da gibt es dann wohl nur eine Möglichkeit, denke ich.«

»Wieso? Was meinst du?«

»Daß der Zombie stärker war.«

Der Klang der Stimme und die Bedeutung der Worte heizten das Blut des Mannes an. Er hatte den Eindruck, daß es brennend in seinen Kopf gestiegen war. »Du meinst, daß er sie getötet hat?«

»Ich bin nicht sicher. Aber es ist eine Möglichkeit. Das ist kein Mensch mehr, das ist auch kein Tier. Das ist ein Ding, was viel, viel schlimmer ist.«

Truman Black ließ einige Sekunden verstreichen, bevor er ihr leise zustimmte. »Ja, irgendwo glaube ich das auch.«

Sie atmete heftig und fragte dabei: »Was wollt ihr denn jetzt unternehmen?«

»Nichts.«

»Was?«

Er lachte, obwohl ihm danach nicht zumute war. »Wir können nichts tun, wir warten darauf, daß er sich zeigt. Das ist alles. Wir ... wir ... mein Gott, es ist alles so schrecklich.« Plötzlich war es mit seiner Beherrschung vorbei.

Laura hatte sich besser gefangen. Ihre Stimme klang sehr kühl, als sie fragte: »Was ist passiert?«

Das Gewehr lag neben Truman. Mit der freien Hand fuhr er durch sein Haar. »Ich ... ich ... kann es dir nicht genau sagen.«

»Du willst es nicht?«

»Bitte, quäl mich nicht!«

»Was ist vorgefallen, Truman?«

Er wußte, daß er eine Grenze erreicht hatte und mit der Wahrheit nicht mehr hinter dem Berg halten konnte. »Es ist etwas Schreckliches vorgefallen. Wir sind nur noch zu zweit.«

»Was? Was bedeutet das?«

»Es hat vermutlich Sean erwischt.«

»Mein Gott.«

»Ja, aber auch da sind wir uns nicht sicher. Es hat ihn wohl erwischt. Wir haben Schüsse gehört, aber wir haben nicht seine Leiche gesehen.«

»War er denn bei euch?«

»Nein, er ist weggelaufen.«

»Warum das? Habt ihr ihn nicht zurückhalten können? Meine Güte, ihr hättet alles versuchen müssen.«

»Das weiß ich. Es war unmöglich.«

Laura schwieg für eine Weile. »Und jetzt? Was ist jetzt? Was macht ihr nun?«

»Im Moment nichts. Wir sitzen hier beisammen und warten ab. Wir sind noch zu keinem Ergebnis gekommen und trauen uns eine Flucht auch nicht zu, wenn du verstehst!«

»Nein, verstehe ich nicht. Ihr habt das Auto und ...«

Blacks hartes Lachen unterbrach sie. »Ja, wir haben das Auto. Nur ist es fahruntüchtig geworden.«

»Kaputt?«

»Alle vier Reifen.«

»Wer hat das getan? Der Zombie?«

»Wissen wir nicht. Wir glauben es auch nicht. Da muß noch etwas anderes hinzukommen.«

»Wie anderes?«

»Nun ja, etwas ... eine andere Kraft. Ich glaube, daß es nicht nur der Zombie ist.«

»Ja, ja«, stimmte sie nach einer Weile zu. »Was werdet ihr jetzt machen?«

»Nichts. Nur warten. Einfach nur warten, Laura.«

»Auf wen oder was?«

»Hast du nicht von den drei Männern berichtet, die aus London gekommen sind?«

»Ja, das habe ich. Aber wenn sie nicht bei euch sind und der Zombie sie ebenfalls ...«

»Moment, das ist nicht sicher. Ich greife jetzt nach jedem Strohhalm, verstehst du?«

»Ist mir schon klar.« Dann flüsterte sie: »Mein Gott, daß es Sean auch erwischt hat, dabei hätte ihm der Film doch Warnung genug sein müssen, verflucht.«

»Er hat nicht mehr daran gedacht.«

»Ja, ja!« flüsterte sie in den Hörer. »Dann will ich euch nicht mehr länger stören. »Es ist alles in Ordnung soweit. Bitte, ich meine, daß ich ...«

»Drück uns die Daumen, Laura.«

»Darauf kannst du dich verlassen.« Sie stöhnte auf. »Das ist einfach grauenhaft. Ich kann es nicht begreifen. Es macht mich wahnsinnig.«

Er schaltete das Handy aus und steckte es wieder weg. Dann beugte er sich nach vorn und schüttelte den Kopf. Der Horror nahm zu. Die Hälfte des Quartetts lebte nicht mehr, und jetzt kam es einzig und allein auf ihn und Robert an, ob sie es schafften.

Er griff zum Gewehr, das neben ihm lag. Truman wollte mit Robert sprechen und sich auch schon von der Bank erheben, als er sitzenblieb wie eingefroren.

Es lag nicht an ihm, sondern an Wilson.

Der Mann stand noch immer auf dem gleichen Fleck. Er hatte sich um keinen Millimeter bewegt. Sein Gesicht schimmerte heller, und die Arme lagen wie festgeklebt zu beiden Seiten des Körpers. Sein Gesicht wirkte wie erstarrt, und seine Augen schienen tief in den Höhlen verschwunden zu sein.

»He!« flüsterte Black. »He, Robby, was ist los?«

Er hörte nichts.

Black stand auf. Das Gewehr nahm er mit. Über seinen Rücken schienen kalte Spinnenbeine hinwegzuhuschen und auf der Haut ein eisiges Kribbeln zu hinterlassen. Was sein Freund da tat, das konnte Black nicht begreifen. Er sah keinen Sinn darin.

Noch einmal sprach er ihn an.

Diesmal reagierte Wilson. Aus seinem Mund drang ein tiefes und schreckliches Stöhnen. Ein Zeichen, unter welch schlimmen Qualen er leiden mußte.

»Rede, Robby!«

Er redete nicht, er schluchzte. Und dieser Laut schnitt wie ein Messer in Trumans Herz hinein. Black wußte genau, daß diese andere Kraft wieder eingegriffen hatte, aber er wußte nicht, was mit seinem Freund genau geschehen war. Er konnte nichts erkennen, denn es war einfach zu dunkel.

Truman traute sich nicht näher heran. Er holte die Stablampe aus der Tasche und strahlte seinen Freund an. Er ließ den hellen Lichtfinger von unten nach oben wandern, langsam, damit er auch jede Bewegung oder Veränderung mitbekam.

Bewegen konnte sich Robert nicht. Oder wollte er es nicht? Truman Black war völlig durcheinander. Er wußte nicht, ob er noch weitergehen sollte oder nicht.

Als wieder ein Stöhnlaut aus dem Mund seines

Freundes drang, leuchtete er ihn noch einmal an. Diesmal genauer, und dann weiteten sich seine Augen vor Entsetzen.

Aus dem Boden hervor waren die lianenartigen Gewächse gekrochen wie dunkle, glänzende Schlangen. Sie hatten sich wie Fesseln am Körper des Mannes entlang in die Höhe geschoben und seine Arme und Beine umklammert. Im weißen Licht der Lampe wirkten sie bleich mit einem grünlichen Schimmer auf der Haut, und sie hatten sich wie eine Spirale um die Gestalt gedreht.

Robert Wilson war gefesselt worden!

Von wem?

Black stellte sich die Frage, doch niemand gab ihm eine Antwort. So etwas hatte er noch niemals gesehen oder erlebt. Das gehörte auch nicht in die Wirklichkeit hinein. Aber zählte ein Zombie zur Wirklichkeit?

Nein, beides war verrückt. Er konnte es nicht begreifen, aber diese Kraft aus dem Boden mußte auch für den Schlag und die Stillegung des Range Rovers gesorgt haben. Und sie hatte nichts mit dem Zombie zu tun.

Black schüttelte den Kopf. Er hatte Mühe, die Lampe zu halten und den Lichtkreis auf das Gesicht zu richten. Es hatte sich schon verändert, doch innerhalb der Blässe sah es aus wie eine Leiche. Sein Freund hatte die Augen weit aufgerissen. Das Gefühl der Todesangst und der Panik mischten sich in den Blick.

»Bitte, Robby, gib Antwort, was ist das?«

Wilson hatte ihn gehört, aber es fiel ihm schwer, etwas zu sagen. Er drehte seinen Kopf, und Truman hörte ihn heftig atmen. Zugleich sah er, wie eine dieser lebenden Pflanzen sich so weit an ihm entlang in die Höhe schob, daß sie beinahe seinen Hals erreicht hatte, noch weiter zuckte und sich dann mit einer geschmeidigen Bewegung um ihn legte wie eine Henkerschlinge.

Es war einfach grauenhaft. Es war der Beginn eines schrecklichen Todes durch Erwürgen.

»Verdammt, sag was, Robby!«

»Komm nicht näher!« kreischte Wilson. Und dann schrie er. Ein letzter Schrei, bevor sich die Schlinge um den Hals drehte.

Black hatte die Warnung gehört. Er ignorierte sie. Er wußte nicht, welche Kraft diese Person töten wollte, aber Robby und er waren lange zusammen. Ihre Freundschaft hatte Jahre gehalten. Er konnte ihn jetzt nicht im Stich lassen. Rob mußte befreit werden, und es waren für Truman auch nur ein paar Schritte.

Er lief auf Wilson zu. Er schwenkte das Gewehr, er schwenkte auch die Lampe, er war bereit, alles zu tun, bis plötzlich die Erde vor ihm aufbrach, noch ehe er seinen Freund erreicht hatte.

Aus ihr schoß dieser dunkle, schlangengleiche Arm in die Höhe, der sofort gegen sein Gesicht klatschte. Er war weder feucht noch naß, er fühlte sich einfach nur hart und zusätzlich noch sehr geschmeidig an.

Sein Lauf wurde gestoppt. Truman Black taumelte zur Seite. Er ließ das Gewehr und auch die Lampe fallen, um mit beiden Händen das verdammte Ding umklammern und von sich wegreißen zu können.

Es blieb beim Versuch.

Das Stück Schlange, Ast, Zweig wie auch immer drängte sich hart wie ein Gitter gegen seinen Körper. Er sah nicht, daß sich neben seinen Füßen der Boden öffnete, Erde aufgeworfen wurde und etwas die Tiefe verließ, das ebenso aussah wie die Schlange, die gegen seinen Körper geschlagen war.

Das Etwas drehte sich um seine Knöchel. Zuerst merkte er nichts, dann spürte er den Ruck, der überging in einen kräftigen Zug, und Truman verlor das Gleichgewicht. Erst als er auf dem Boden aufschlug, drang der Schrei aus seinem Mund. Er starrte in die Höhe und sah, wie sein Freund Wilson noch immer gefesselt war und dabei zuckte wie ein Mensch im Todeskampf.

Sekunden später verstärkte sich der Druck um seine Knöchel. Gleichzeitig spürte er den Zug, der ihn nach unten drängte. Zuerst seine Beine. Sehr kräftig wurden seine Füße gegen den Boden gedrückt, der zwar weich, aber nicht durchlässig war. Dennoch war er von der anderen Kraft so manipuliert worden, daß der untere Teil seines Körpers nach vorn gezogen wurde.

Mit panischem Schrecken stellte Truman Black fest, was mit ihm passierte.

Jemand wollte ihn in die Tiefe der Erde ziehen wie in einen dichten Sumpf ...

Es gab für uns nur eine Richtung!

Zum Ostufer des Sees hin. Der Schrei war von dort gekommen und hatte lange genug als Echo nachgehallt. Wären wir auf einer normalen Straße oder auf einem festeren Untergrund gelaufen, wäre es uns besser gegangen, so aber hatten wir Probleme mit dem feuchten und an manchen Stellen auch glatten Boden.

Der Dunst blieb. Er war ein seichtes Paket, durch

das wir hetzten wie schattenhafte Nebelgeister. Die Dämmerung hielt inzwischen den größten Teil des Himmels bedeckt, nur im Westen zeichnete sich das letzte Tageslicht als hellere Zone ab, die bald auch verschwunden sein würde.

Jeder von uns wußte, daß es ein verfluchter Kampf gegen die Zeit war. Dieser Schrei hatte so verdammt echt geklungen, als befände sich ein Mensch in Todesnot. Es war leicht vorstellbar, daß dies auch tatsächlich der Fall war.

Wir liefen auf gleicher Höhe, und ich ließ ab und zu meine Hand in die Tasche rutschen.

Ja, die Wärme auf dem Kreuz war zurückgekehrt. Das Wissen darum trieb das Blut in meinen Kopf, denn jetzt stand für mich fest, daß jemand anderer sich in der Nähe aufhielt. Mandragoro stand seinem verfluchten Prototyp zur Seite.

Es blieb nicht still. Abgesehen von unseren keuchenden Atemstößen hörten wir noch andere Geräusche. Von vorn her wehte uns das Stöhnen entgegen. Vermischt mit einem Wimmern. Noch konnten wir nichts sehen. Ich konzentrierte mich auf den glatten Boden. Die Angst, zu spät zu kommen, tobte ebenfalls in mir, und plötzlich erschien der Umriß eines Autos aus dem Dunst. Es war ein Geländewagen, soviel konnten wir erkennen, aber er nahm uns auch für die nächsten Sekunden die Sicht.

Suko war noch schneller als ich.

Er sah auch besser und früher.

»Du rechts, ich links!« schrie er.

Endlich konnte ich sehen, was hier passiert war. Der Mann, um den sich Suko kümmern wollte, stand hoch aufgerichtet, aber völlig bewegungslos. Aus seinem

Mund strömte uns ein Röcheln entgegen, das sich furchtbar anhörte. Er bekam keine Luft mehr, und trotzdem fiel er nicht.

Was mit ihm genau geschehen war, ging mich nichts an, denn es gab noch einen zweiten. Aus dem Augenwinkel sah ich, daß Suko seine Dämonenpeitsche schlagbereit machte, dann rutschte ich nach rechts zur Seite und auf den zweiten Mann zu.

Welcher der drei Zombie-Jäger es war und wie er hieß, war für mich nicht wichtig. Erst einmal mußte ich ihn retten, denn Mandragoro hatte ihm eine teuflische Falle gestellt.

Der Mann lag auf dem Rücken, und die andere Kraft, die seine Beine als schlangenartige Gewächse umwickelt hatte, war dabei, ihn in den Boden zu ziehen.

Seine Füße waren bereits verschwunden und auch die Beine bis hin zu den Waden.

Ich konnte normal laufen. Ich konnte auch mein Kreuz aus der Tasche ziehen, denn der Talisman war die einzige Chance. Links von mir erklang das typische Klatschen, das immer dann zu hören war, wenn Suko mit der Peitsche zugeschlagen hatte.

Ich nahm das Kreuz und drückte es gegen die verdammte Fessel an den Beinen des Mannes. Sein Gesicht war durch die Todesangst gezeichnet. Es war verschmiert, es war auch verklebt, und die Brille hing nur noch an einem Ohr.

Licht und Feuer huschten über die Beine des Mannes hinweg. Aber sie erwischten nur die verdammte Fessel, und genau so hatte ich es haben wollen.

Ich hörte noch ein Knattern. Ich nahm den beißenden Rauch wahr, der entstand, als sich die magische

Fessel auflöste, und glaubte auch, ein fernes Lachen zu hören, ausgestoßen von Mandragoro.

Der Mann war frei.

Er drehte den Kopf. Er schaute mich mit einem Blick an, in dem das Nichtbegreifen stand. Logisch bei dem, was er hinter sich hatte.

Ich drehte mein Gesicht von ihm weg. Bill Conolly war bei mir. Er bückte sich und half dem Angeschlagenen, auf die Füße zu kommen. Ich lief zu Suko hin.

Er hatte mit seiner Dämonenpeitsche zugeschlagen und auch einen Erfolg erreicht. Die Fesseln, die den Mann noch vor kurzem umschlungen hatten, hingen jetzt wie verbrannte Bänder an seinem Körper herab.

»Was ist mit ihm?« fragte ich.

»Keine Sorge, John, er wird sich wieder erholen.« Suko faßt den Mann unter und schaffte ihn weg. Die Sitzbank des Unterstandes war dazu perfekt geeignet.

Ich drehte mich wieder zu dem zweiten hin, den ich befreit hatte. Ich wollte ihn und Bill ansprechen, als sich mein besonderer Freund Mandragoro meldete. Seine Stimme hörte ich nur in meinem Kopf. Für andere war sie nicht zu verstehen.

»Du kommst mir immer wieder in die Quere, John Sinclair. Ich hasse das.«

»Laß die beiden in Ruhe!«

»Nein!«

»Was hast du davon, wenn du ihnen etwas antust?«

»Rache. Ich habe es versprochen, und ich werde mich daran halten.«

»Und ich werde dafür sorgen, daß sie nicht sterben.«

»Warte es ab. Noch befindest du dich in meinem Gebiet.«

Da hatte er leider recht, und ich war auch nicht erpicht darauf, sehr lange zu bleiben. Aber man mußte bei ihm stets mit sehr bösen Überraschungen rechnen.

Bill hatte es Suko nachgemacht und den zweiten Zombie-Jäger ebenfalls auf die Bank des Unterstandes gesetzt. Ich gesellte mich zu ihnen und erfuhr auch seinen Namen, den er mir keuchend nannte.

Er hieß Truman Black.

»Wer ist Ihr Freund?«

»Robert Wilson.«

»Es gab noch einen dritten, nicht?«

»Ja, ja. Sean Carlesi. Er wollte nicht mehr bei uns bleiben. Die Angst hat ihn weggetrieben. Dann hörten wir Schüsse, und wir haben uns schon das Schlimmste vorgestellt.«

Ich nickte nur.

»Hatten wir recht?«

»Ich denke schon«, erklärte Bill. »Er hat sich verteidigt. Der Zombie muß ihn erwischt haben. Wir fanden einige Patronenhülsen, ihn jedoch leider nicht. Deshalb nehmen wir an, daß der Zombie ihn in den Wald geschafft hat. Nun ja, mehr brauche ich wohl nicht zu sagen.«

»Nein«, stimmte Black zu, der den Kopf gesenkt hatte und ihn jetzt schüttelte. »Das brauchen Sie nicht.« Er preßte für einen Moment seine Hand gegen die Augen, bevor er fragte. »Sind Sie die drei Männer aus London?«

»Das sind wir«, sagte Bill. »Aber woher wissen Sie von uns?«

»Laura rief mich vorhin an. Sie fragte, ob wir uns schon getroffen haben.«

»Jetzt schon.«

»Und ich lebe noch. Ebenso Robert. Das haben wir Ihnen zu verdanken, Mister ...«

Bill nannte unsere Namen. Black lehnte sich zurück. »Wie haben Sie das geschafft? Wie konnten Sie diese andere Kraft vernichten? Bitte, ich begreife das nicht.«

»Ah, wir haben so unsere Methoden«, sagte Bill und grinste.

»Dann hatte Laura doch recht, was Ihren Beruf angeht.«

»Kann sein.«

Ich ließ die beiden sitzen und kümmerte mich um Suko und Robert Wilson. Suko war damit beschäftigt, den Hals des Mannes zu massieren. Dort war der Druck besonders stark gewesen. Diese schlangenartigen Arme hatten dunkle Stellen auf der Haut hinterlassen. Sprechen konnte Wilson noch immer nicht, und auch jetzt rang er nach Luft.

Ich ließ die anderen allein, weil ich wieder an Mandragoros Botschaft dachte. Er war kein Spinner. Er war jemand, der seine Prophezeiungen wahrmachte. Er und ich hatten einen gewissen Pakt geschlossen, doch ich wußte nicht, ob er jetzt noch bestand.

Mandragoro beschützte nicht nur die Umwelt oder die Natur, er war auch in der Lage, sie zu beherrschen oder zu manipulieren. Das hatte er uns mehr als deutlich gezeigt. Auf seinen Befehl hin hatten die alten Pflanzen oder Zweige den Boden verlassen und waren zu gefährlichen Lebewesen geworden. Wer immer in sein Gebiet eindrang und sich nicht so verhielt, wie er es wollte, der wurde von ihm oder auch von seinem Prototypen vernichtet.

Der Zombie war uns noch nicht in die Quere gekommen, was mich ziemlich ärgerte. Seinetwegen waren wir schließlich hergekommen, und ich wollte ihn vernichten.

Der verdammte Film hatte mir gereicht. Das war Horror in höchster Potenz gewesen und hatte leider der Wahrheit entsprochen.

Ich war hinter die Hütte gegangen und hielt mich jetzt in der Nähe des Wassers auf. Allerdings lag zwischen Wasser und mir noch der Schilf- und Grasgürtel. Über ihn schaute ich hinweg auf das Wasser, dessen Oberfläche sich durch einen leichten Wind kräuselte, der streichelnd über die Oberfläche hinwegfuhr.

Träge wallte der Nebel. Er schien das letzte Licht des Tages in sich eingesaugt zu haben, denn am Himmel war es nicht mehr zu sehen. Auch die restliche Seite des unendlichen Firmaments zeigte eine geschlossene dunkle Decke.

Ich war allein und war es doch nicht.

Damit meine ich nicht die Abwesenheit von Bill, Suko und den beiden Zombie-Jägern, sondern die unsichtbare Allgegenwärtigkeit des Umwelt-Dämons. Mandragoro hatte diesen Teil der Welt zu sich herangeholt, und er würde sie so lange nicht mehr aus den Händen lassen wie eben möglich. Er konnte nicht überall auf der Welt sein, doch er griff ein, wenn er es für nötig hielt. Das hatte ich zum erstenmal bei dem Gespenst aus dem Hexenforst erlebt.

Es war nicht völlig still in meiner Umgebung. Ich hörte das Klatschen der Wellen, wenn sie das Ufer erreichten und für leichte Bewegungen beim Schilf oder Gras sorgten.

Der See war ruhig. Trotzdem traute ich dem Frieden

nicht, denn der Griff zum Kreuz in meiner Tasche bewies mir, daß die andere Kraft hier lauerte.

Beobachtete man mich?

War der Kannibale da?

Ich wußte es nicht, ich sah ihn nicht, aber ich vermutete ihn in der Nähe.

Ich ging nach links. Dabei gehorchte ich einfach nur einem Gefühl. Meine Füße hinterließen Abdrücke im Schlamm des Ufers. Es war hier sehr feucht, und auf den Grashalmen nistete die Nässe. Ich suchte die Umgebung so gut wie möglich ab. Vor mir ragten die Büsche hoch. Zum Wald hin stieg das Gelände an. Es sah jetzt aus wie eine grau schraffierte Fläche.

Es gab Geräusche. Aber keine lauten. Das leise Klatschen der Wellen. Mal ein Rascheln im dichten Ufergras. Ein Fisch, der aus dem Wasser sprang und wieder eintauchte, wobei er ein Klatschen hinterließ, das alles gehörte zur Umgebung.

Nicht aber der sich heftig bewegende Schatten, der nicht weit entfernt von mir in die Höhe schoß. Er hatte tief geduckt am Boden gelauert und nur beobachtet. Plötzlich aber war er da, und er rannte vor mir weg.

Es lief alles ab, wie es eine Regie vorgesehen hatte. Natürlich nahm ich die Verfolgung auf, und ich wußte auch zugleich, wen ich da gesehen hatte.

Das mußte einfach der Kannibale sein!

Ich ärgerte mich über die Dunkelheit. Nahm sie auch hin und schaltete keine Lampe ein. Im Finstern und umweht von Nebelschwaden blieb ich ihm auf den Fersen.

Er lief nicht zum See hin, wo das Unterholz recht dicht stand und ihm Deckung gegeben hätte. Sein Weg führte in eine andere Richtung. Er bewegte sich mit langen Schritten auf die graue Fläche zu, hinter der sich der Wald erstreckte.

Wenn er es schaffte, dort einzutauchen, sah ich verdammt schlecht aus. Deshalb wollte ich ihn fangen, bevor er den dunklen Waldrand erreichte.

Ich dachte nicht daran, nach Suko oder Bill zu rufen. In diesem Moment war ich von einem regelrechten Jagdfieber gepackt worden. Außerdem dachte ich an den Film. Diese Bestie durfte nicht mehr zuschlagen!

Mein Blick fiel auf seinen Rücken. Der Prototyp des Mandragoro war recht groß. Er überragte die durchschnittliche Größe des Menschen um ungefähr einen Kopf. Daß er nicht aus Fleisch und Blut bestand, war mir klar, doch beides brauchte er, um existieren zu können. Eine verflucht perverse und dämonische Mischung.

Ich konzentrierte mich auf seine Gestalt, die zwar geschmeidig, aber trotzdem irgendwie hölzern lief. Bei jedem Schritt schaukelte sie hin und her, und ich hoffte auch, daß sie mal wegrutschte und dann hinfiel.

Leider tat sie mir den Gefallen nicht. Raumgreifend flüchtete der Zombie dem Wald entgegen. Seine Wege beschrieben einen Zickzackkurs. Auf Grund dessen bot er auch nur ein verdammt schlechtes Ziel. So hütete ich mich davor, eine geweihte Silberkugel zu verschwenden. Ich wollte ihn mit normalen Kräften stellen und ...

Es blieb beim Wollen.

Nicht er rutschte aus, sondern ich. Im Dunkeln hatte ich die glitschige Stelle nicht gesehen. Ich war darauf getreten und mit dem linken Bein weggerutscht.

Ich fiel auf den Bauch. Es war mir gerade noch möglich, die Arme auszustrecken und mich abzufangen, dann brach ich in den Ellenbogen ein und fiel aufs Gesicht.

Halme und kleine Blätter klebten auf der naß gewordenen Gesichtshaut. Für einen Moment drangen alle Gerüche des feuchten Bodens in meine Nase.

Ich stemmte mich hoch, doch es gelang mir nicht mehr, auf die Beine zu gelangen. Ein Widerstand im Rücken ließ es nicht zu. Zugleich hörte ich wieder die Stimme in meinem Kopf.

»John Sinclair«, klang es beinahe vorwurfsvoll. »Ich habe dir doch gesagt, daß du dich in meinem Reich befindest. Und da geschieht, was ich will ...«

Verflucht, das hatte ich vergessen. Aber nicht Mandragoro. Ich machte mir auch jetzt keine Gedanken darüber, wie er es schaffte, die menschliche Sprache zu beherrschen, das war einfach so.

Das Kreuz steckte griffbereit in der Tasche, doch es war mir nicht mehr möglich, die Hand anzuziehen. Die glatte Fessel hielt mein Gelenk fest, und auch mit großer Kraftanstrengung schaffte ich es nicht, sie zu lösen. Auf dem Rücken bewegte sich etwas wie eine Schlange, ich war nur noch in der Lage, den Kopf anzuheben, wobei ich daran dachte, daß ein weiterer Gruß des Dämons meinen Hals umklammerte, um mich zu erwürgen.

Ich schaute hoch.

Und ich sah den Kannibalen kommen.

Natürlich war er nicht weitergelaufen. Eine derartige Chance ließ er sich nicht entgehen. Wieder hatte sich Mandragoro auf seine Seite gestellt und ebnete ihm den Weg.

Aufgeben wollte ich trotzdem nicht. Ich kämpfte gegen den Druck in meinem Rücken an. Ich drückte mich hoch, was mir auch gelang, doch immer wieder fingen mich die verdammten Stricke ab wie ein federndes Netz. Noch immer war es mir unmöglich, beide Arme zu bewegen. Sie wurden fest an den Körper gepreßt. Wenn ich weiter so auf dem Boden liegenblieb, war ich für den Zombie die ideale Beute.

Er ging, er rutschte und glitt den leicht schrägen Hang hinab. Aber er fiel nicht, trotz seiner hölzern wirkenden Vorwärtsbewegung. Ich sah ihn zum erstenmal von vorn, und er war schon so nahe an mich herangekommen, daß ich das Weiße in seinen Augen schwach leuchten sehen konnte. Es war ungewöhnlich, dieses dunkle Gesicht, dann die Augen, als hätte man das Material von der Rinde befreit, um aus dem hellen Holz darunter die Augen zu schnitzen.

Allmählich geriet ich ins Schwitzen. Mir wollte auch der verfluchte Film nicht aus dem Sinn. Jede Einzelheit war in meinem Kopf wie eingraviert.

Er war nackt.

Aber er besaß kein Geschlecht. Er war ein Mensch und trotzdem keiner. Auch die dichte Dunkelheit konnte seinen Körper nicht ganz vor mir verbergen.

Vor mir stand eine glatte und trotzdem unebene Gestalt. Keine menschliche Haut, biegsames Holz war genommen worden, um den Prototypen zu erschaffen. So stellte man meiner Ansicht nach Weidenkörbe her, nur war hier wesentlich dickeres Holz verwendet, verknotet und ineinander gedreht worden.

Nur Mandragoro konnte ein derartiges Geschöpf herstellen. Nicht schaffen, nein, der Ausdruck mißfiel mir in diesem Zusammenhang. Andere Dämonen wären dazu nicht in der Lage gewesen, nur Mandragoro beherrschte die Natur.

Das Gesicht des Zombies wich ebenfalls nicht vom übrigen Körper ab. Er war ziemlich nahe an mich herangekommen, weil sich der Kannibale nach vorn gebeugt hatte. Holz ebenfalls wie Muskelstränge. Es gab einen Mund, aber er war für mich keiner. Dieses Loch im Gesicht erinnerte mich mehr an eine Höhle.

Das Monstrum bückte sich noch tiefer. Aus der offenen Höhle drang mir etwas entgegen, was alles andere als ein Wohlgeruch war. Überhaupt fiel es mir schwer, den Gestank zu identifizieren. Da wehte mir eine Mischung entgegen, die mir einfach den Atem raubte. Widerlich. Als wäre der Zombie dabei, innerlich zu verfaulen. Alles, was im Wald vergangen war, mußte sich dort versammelt haben und war zu einem ekligen, dampfenden und schmierigen Matsch geworden. Moder aus der Natur, ohne daß menschliches Fleisch dabei verwest war.

Mir drehte sich der Magen um. Etwas stieg dick und sauer hoch in meine Kehle. Ich war kaum in der Lage, Luft zu holen.

Dann erschienen die Hände vor mir. Auch wieder der falsche Ausdruck. Das waren keine Hände, mehr Klauen. Krumm vom Grund her. Lange Finger wuchsen hervor. Knotig, biegsam und trotzdem hölzern, ohne den Ansatz von Fingernägeln.

Aber die Hände waren geschmeidig. Die Finger krümmten und streckten sich. Voller Schrecken sah ich, daß sie nach meinem Gesicht zielten. Nur noch einen winzigen Moment lag es frei, dann legte sich die Klauenhand als schwerer Druck darauf.

Meine Augen, die Nase und der Mund wurden

davon bedeckt. Der Druck raubte mir die Luft, und dann spürte ich die zweite Klaue, die sich um meine Kehle legte ...

Es war aus! Es war vorbei! Aus dieser verdammten Klammer kam ich nicht mehr weg. Der Zombie hatte sie doppelt angesetzt, und das auf Befehl des Umwelt-Dämons.

Es waren wirklich nur kurze Augenblicke, in denen ich die Panik und Todesangst empfand. Daß sie vorbei gingen, hatte nichts mit mir persönlich zu tun, es lag vielmehr an demjenigen, der dieses Gebiet voll und ganz beherrschte.

Wieder hallte seine Stimme durch meinen Kopf. Jedes Wort war wie ein scharfer Einschnitt und schien mir von einem zynischen und siegessicheren Lachen begleitet zu sein. In einem solchen Moment wünscht man sich, einen Traum zu erleben, aus dem man wieder erwacht und froh ist, keine Realität erlebt zu haben.

Es war eine Stimme wie im Traum, aber ich hörte sie so verflucht deutlich.

»Du hast mich enttäuscht, John Sinclair. Du hast mich sogar schwer enttäuscht. Wir beide hatten Frieden geschlossen, und du hast ihn gebrochen. Ich habe dich gewarnt. Warum wolltest du nicht hören? Warum nicht? Es hätte alles normal weiterlaufen können, aber du hast es wieder einmal nicht gewollt. Ich kann nicht zurück. Ich muß meinem Geschöpf geben, was es will. Den Menschen. Das Fleisch und das Blut derjenigen, die meine Gesetze gebrochen haben. Nicht jeder erhält eine Chance, wie ich sie dir gegeben habe.

Und nicht jeder ist so dumm, sie nicht zu nutzen. Wir haben vieles gemeinsam, John Sinclair, aber jetzt ist die Grenze nicht nur erreicht, sondern sogar überschritten. Du bist einfach zu weit gegangen, und deshalb steht das Tor ins Jenseits weit für dich offen. Er wird dich töten, er, Sinclair ...«

Schon bei den letzten Worten war die Stimme leiser geworden, um dann ganz zu verklingen.

Der Kannibale und ich waren allein mit verdammt ungleich verteilten Chancen.

Mit einem Ruck riß er meinen Kopf noch höher. Dann drehte er ihn zur Seite, um mir das Genick zu brechen ...

Robert Wilson hatte sich wieder einigermaßen gefangen. Er war auch in der Lage, die ersten Worte zu sprechen, auch wenn er dabei noch husten mußte und dieses Husten seinen Körper regelrecht durchschüttelte, aber es war zumindest ein großer Fortschritt zu verzeichnen. Er sah Suko neben sich sitzen, schüttelte den Kopf und drängte sich zur Seite, wo Truman Black saß und ihm eine Hand auf die Schulter legte.

»Du brauchst dir keine Sorgen mehr zu machen, Robert, wir sind gerettet.«

Wilson dachte nach. »Gerettet?« flüsterte er dann.

»Ja.«

»Was ist denn gewesen?«

»Eine Falle. Eine verdammte Falle, die aus der Tiefe der Erde kam. Dann aber waren die drei Männer aus London da, und sie haben es geschafft. Ihnen haben wir zu verdanken, daß wir noch am Leben sind. Ehrlich, Rob.«

Wenn derartige Themen angeschnitten wurden, fühlten sich Suko und Bill stets unangenehm berührt. Suko stand hastig auf und trat ebenso schnell einen Schritt nach vorn, wobei Bill verwundert den Kopf schüttelte und fragte: »Wo willst du denn hin?«

»Ich vertrete mir nur mal kurz die Beine.«

»Das glaube ich nicht.«

»Doch, ich brauche Bewegung.«

»John ist nicht da!«

»Eben.«

»Verdammt, dann laß uns nach ihm suchen.«

Bill war schon halb aufgestanden, als Suko ihn wieder zurückdrückte. »Nein, Alter, du nicht. Ich werde nach ihm suchen. Wer zuerst kommt, mahlt zuerst.«

»Aber vier Augen ...«

»Wir brauchen in diesem Fall nur zwei«, erklärte Suko, »Aber du hast hier zwei Schützlinge sitzen, die wichtig sind. John kommt auch allein zurecht.«

Suko stand schon neben der Hütte und verschwand jetzt aus Bills Blickfeld.

»Da kann man nichts machen«, sagte er und grinste die beiden Zombie-Jäger an.

Robert Wilson massierte noch immer seinen malträtierten Hals, während Truman Black mit seiner Brille beschäftigt war. Er putzte das Gestell und dann auch die Gläser. Als er zufrieden war und die Brille wieder aufgesetzt hatte, fragte er: »Jetzt sitzen wir hier wie bestellt und nicht abgeholt. Ich will mich ja nicht beschweren und habe zudem nicht das Recht dazu, aber ich möchte schon gern wissen, wie es jetzt weitergehen soll. Können Sie mir darüber eine Auskunft geben, Bill?«

»Nur eine halbe.«

»Damit bin ich auch zufrieden.«

»Wir haben unser Ziel noch nicht erreicht. Wir sind gekommen, um den Kannibalen zu fangen. Sie haben den Film doch auch gesehen.«

»Er war grauenhaft. So etwas Schreckliches habe ich noch nie zu Gesicht bekommen. Das ... das ... kann ich auch nicht nachvollziehen. Auch jetzt nicht, nachdem, was wir erlebt haben.«

»Eben, das ist der Grund«, erwiderte der Reporter. »Wir müssen das Grauen stoppen.«

Truman Black senkte den Kopf. »Er läßt sich nicht fangen«, flüsterte er. »Diese Gestalt ist nicht menschlich. Sie ist stärker als ein Mensch, und deshalb wird es ein Mensch auch nicht schaffen, an sie heranzukommen. So und nicht anders ist das.«

»Da denke ich anders.«

»Halten Sie sich denn für so gut?«

Bill lächelte und schüttelte den Kopf. »Nein, ich halte mich nicht für so gut. Aber es gibt noch zwei andere. John Sinclair und Suko. Es klingt zwar abgedroschen, aber in diesem Fall stimmt es schon: gemeinsam sind wir stark.«

Black blies die Luft aus. »Ja, gemeinsam, aber jetzt seid ihr, verdammt noch mal, getrennt.«

»Wenn dieser Zombie in der Nähe lauert, dann wird John Sinclair ihn auch finden. Darauf können Sie sich verlassen. Das hat nichts mit Überheblichkeit zu tun. Es ist einfach eine Tatsache, die uns die Erfahrung gelehrt hat.«

Bill wußte nicht, ob er den richtigen Ton getroffen hatte.

Er wunderte sich nur darüber, daß ihm Truman Black keine Antwort gab. Er warf einen Blick nach links und staunte abermals, denn Truman saß steif wie ein Brett auf der Bank.

»He, was haben Sie?«

Blacks Mundwinkel zuckten. Seine Augen wurden plötzlich wäßrig.

In der nächsten Sekunde entwich seinem offenen Mund ein wahnsinniger Schrei. Zugleich stockte Bill der Atem. Es war unglaublich was er sah, doch die Macht des Mandragoro war einfach nicht zu stoppen.

Durch den linken Oberschenkel des Mannes und auch durch den Stoff der Hose war ein hartes, vorn zugespitztes Stück Schilfrohr gedrungen ...

»John?« Suko rief den Namen seines Freundes halblaut. »John, wo bist du denn, verdammt?«

Eine Antwort gab ihm nur die Natur. Er hörte das leise Plätschern der Wellen am Ufer, das Schaben der Schilfrohre gegeneinander, wenn der Wind sie bewegte oder Wellen an sie herankamen. Der Abend steckte voller Geräusche, die Suko erst hörte, wenn er sich darauf konzentrierte.

Die einsetzende Dunkelheit hatte die Unterschiede aufgelöst. Es gab keine Kontraste mehr. Die Welt schwamm in einem weichen Grau, und auch der See war vor seinen Augen verschwunden. Nichts spiegelte sich auf der Oberfläche wider. Er war geheimnisvoll und irgendwie eins mit Himmel und Erde geworden.

Langsam ging Suko auf das Ufer zu. Er konnte nicht behaupten, daß es ihm gutging. Gewisse Dinge gefielen ihm nicht. Die Normalität hatte für ihn ihre

Tücken, die irgendwo versteckt in dieser dunklen und dunstschwangeren Soße lagen.

John konnte eigentlich nicht zu weit gegangen sein. Es gab auch keinen Grund für ihn, sich in der dichter bewachsenen Uferregion zu verstecken. Suko hätte ihn eigentlich sehen müssen, zumal er sich bestimmt bewegte.

Aber da tat sich nichts, und nach fast zwanzig Metern blieb der Inspektor stehen, unzufrieden und besorgt.

Er blickte dorthin, wo das Gelände leicht zum Wald hin anstieg. Die Bäume wirkten wie ein schweigender Wall, der ihm feindlich vorkam.

Aber bis zum Rand hin war die Fläche frei. Der Dunst hielt sich dort nicht so stark wie nahe des Wassers oder über ihm. Aus diesem Grunde fiel Suko auch die Bewegung auf. Sie kam ihm vor wie ein tanzender Schatten, aber er stellte sehr bald fest, daß dieser Schatten menschliche Umrisse aufwies. Suko gratulierte sich wieder einmal zu seinen scharfen Augen. Dieser Schatten mußte seiner Meinung nach John Sinclair sein. Er wunderte sich, daß er zum Wald hochlief. Warum wollte John den Kannibalen allein stellen?

Sukos Überlegungen nahmen nur Sekunden in Anspruch. Dann stand sein Entschluß fest. Er wollte seinem Freund folgen. Zu zweit waren sie immer besser.

John ging nicht langsam, aber Suko lief. Er hielt sich dabei geduckt, den Atem kontrollierte er, sein Kopf bewegte sich auf und ab, und als er wieder nach vorn schaute, dabei stehenblieb, um sich besser orientieren zu können, war John nicht mehr zu sehen.

Im Wald konnte er nicht sein. So nahe war er noch nicht an den Rand herangekommen.

Suko rannte jetzt. Plötzlich war der Umriß wieder da. Aber anders als zuvor. Es lief niemand mehr auf den Wald zu. Statt dessen bückte sich der Mann.

Da stimmte etwas nicht. Bei Suko schrillten jetzt sämtliche Alarmglocken. In seiner Phantasie malte er sich die entsetzlichsten Dinge aus, und sie alle hatten mit John Sinclair zu tun. Wieder kamen ihm die Bilder des schrecklichen Films in den Sinn, und er beschleunigte seine Schritte. Jetzt war es ihm auch gleichgültig, ob man ihn hörte oder nicht. Er wähnte seinen Freund in Gefahr, den er nicht mehr sah, der jedoch noch da sein mußte, denn die zweite Gestalt kniete oder saß am Boden und schien sich mit jemand zu beschäftigen.

Das mußte der Kannibale sein.

Und John war bei ihm. Wehrlos. In eine Falle gelaufen, wie auch immer.

Suko überlegte nicht mehr. Er rannte jetzt so schnell es der feuchte Boden zuließ. Er kam auch näher an das Ziel heran, das mußte er auch, um eingreifen zu können. Ein Schuß war bei diesem Licht zu unsicher, deshalb gab es nur die eine Chance.

Er berührte im Laufen den Stab – und rief dabei das eine Wort, das alles ändern konnte.

»Topar!«

Jetzt stand die Zeit für fünf Sekunden still. Nur für fünf Sekunden, die lang, aber auch kurz sein konnten. Für Suko waren sie meistens zu kurz, aber daran dachte er in diesem Augenblick nicht. Für ihn galt es, endlich zu handeln, und er mußte so schnell wie möglich bei John Sinclair sein. Er lief jetzt nicht, er sprang und schaffte es immer wieder, sich abzustützen. Er nahm die Umgebung trotz der Finsternis auf wie im hellen Tageslicht. So sah er die Gestalt neben einer liegenden. Beide miteinander verbunden. Wie genau sah Suko nicht, und er wußte plötzlich, daß die Zeit vorbei war. Das sagte ihm sein Gefühl. Dabei hatte er seinen Freund noch nicht erreicht.

Suko setzte all seine Kraft und auch Geschmeidigkeit in einen letzten entscheidenden Sprung. Er flog durch die Luft, hatte sich noch beim Absprung nach vorn geworfen und die Arme ausgestreckt, um seinen Körper zu verlängern.

Er traf den Zombie. Beide Fäuste wuchteten gegen den harten und doch leicht nachgiebigen Kopf. Aus der Nähe erkannte Suko den Killer aus dem Videofilm. Er sah auch, wie er auf den Rücken flog und sich dann zur Seite rollte.

Die Zeit war vorbei. Sein Freund John Sinclair stöhnte, was Suko gefiel; so wußte er, daß John noch lebte. Nur konnte er sich nicht um ihn kümmern. Jetzt war der verfluchte Kannibale wichtiger, und Suko zerrte die Dämonenpeitsche hervor.

Während er es tat, ließ er seinen Feind nicht aus den Augen. Der Kannibale hatte sich nicht nur gedreht. Es war ihm gelungen, den Schwung auszunutzen und aus der Bewegung hervor wieder auf die Beine zu kommen.

Eine Waffe sah Suko nicht an ihm. Einer wie er brauchte sie auch nicht, der erledigte alles mit seinen verdammten Killerpranken.

Suko wollte ihn mit der Peitsche töten. Den Kreis

hatte er schon geschlagen, die Riemen lagen frei, und er hob die Peitsche an, um den alles entscheidenden Schlag zu führen. Sie war als Waffe stärker als eine geweihte Silberkugel, und der Zombie kannte die Peitsche nicht. Er wollte jetzt auch Suko töten.

Der Inspektor holte mit der Dämonenpeitsche aus. Es lief alles perfekt und wunschlos für ihn ab. Der Zombie kam auf ihn zu. Er würde genau in den Schlag hineinlaufen.

Genau da griff der Umwelt-Dämon ein.

An ihn hatte Suko nicht mehr gedacht. Es ging so schnell, daß er nicht reagieren konnte. Zuerst spürte er noch die Berührung an seinen Knöcheln. Es war wie ein Streicheln, dem sehr bald die Klammer folgte, die seine Knöchel umspannte.

Der Ruck riß ihn von den Beinen, als er zuschlug. Die drei Riemen fanden nicht mehr den Weg nach vorn. Durch den Fall nach hinten war ihm auch der Arm in die Höhe gerissen worden, und so schlugen die Riemen nur wirkungslos durch die Luft. Suko fiel nach hinten, landete wuchtig auf dem Boden und wollte auch wieder hochkommen, als zwei schlangen- und aalartige Lianen aus dem Boden schnellten und ihn blitzartig fesselten. Sie rissen den Körper, der halb in die Höhe gekommen war, wieder zurück, und so blieb der Inspektor direkt neben seinem Freund John Sinclair liegen.

Der Kannibale wollte jetzt beide haben!

Bill Conolly sprang von der Bank hoch wie von der berühmten Tarantel gebissen. Er verlor trotzdem nicht den Überblick, drehte sich herum und bekam mit einer weit ausholenden Bewegung Robert Wilsons Schulter zu packen. Rücksicht war jetzt fehl am Platze, es ging um ihrer aller Leben. So schleuderte er den Mann von der Bank weg zu Boden und sah, daß durch die Lücke zwischen den schmalen Sitzbrettern zwei weitere Folterinstrumente in die Höhe stießen. Widerlich spitze Stäbe aus dem harten Schilf geformt. Wilson und Bill waren gerade noch im richtigen Moment weggekommen. Leider nicht Truman Black. Der rührte sich nicht. Er schrie auch nicht. Der Schock hatte ihn gelähmt. Er starrte auf die dünne, blutverschmierte Spitze, die aus seinem Oberschenkel gestoßen war. Er zitterte und war bleich wie ein Gespenst geworden. Aber das alles waren Äußerlichkeiten, auf die Bill keine Rücksicht nehmen konnte, weil er etwas unternehmen mußte.

Alle drei waren sie in höchster Gefahr. Niemand wußte, welche Gemeinheiten und Grausamkeiten Mandragoro noch für sie bereithielt. Aber er konnte nicht fliehen und Truman Black seinem Schicksal überlassen.

Bill griff unter den Achseln zu. »Es tut jetzt weh!« keuchte er, »aber es ist nicht zu ändern.« Einen Moment später zerrte er den Mann mit aller Kraft in die Höhe, und jetzt rutschte der verdammte Pfeil noch einmal durch seinen Oberschenkel, diesmal in die andere Richtung.

Truman Black mußte den Schmerz spüren. Er jammerte und wimmerte.

Bill bekam ihn frei.

Trotz des furchtbaren Schmerzes hatte Black alles mitbekommen. Er wollte Bill auch unterstützen und sich hinstellen, aber er knickte mit dem rechten Bein weg und wäre gefallen, wenn Bill ihn nicht festgehalten hätte.

»Verdammt, so helfen Sie mir doch!« schrie Bill Wilson an, der sich nicht gerührt hatte.

In Wilson kam Bewegung. Er faßte seinen Freund ebenfalls unter. Gemeinsam zogen sie den Verletzten aus der Hütte weg, und Bill drückte Black auf die kalten Steine des Grills. Dort blieb der Mann sitzen. Er preßte beide Hände gegen die Wunde, um so einen größeren Blutverlust zu verhindern.

Bill hatte sich wieder dem offenen Unterstand zugedreht. Seine Lampe strahlte gegen die Bank, aus der jetzt mehrere dieser Pfeile ragten. Sie hatten sich alle exakt durch die Lücken zwischen den Planken geschoben und ragten als dünne Pfeile in die Höhe.

Bill rang um Atem. Die letzten Sekunden waren sehr anstrengend gewesen. Er schwitzte trotz der Kühle. Bill glaubte zu wissen, wer für diesen Angriff verantwortlich war. Und er bezweifelte, daß Mandragoro so leicht aufgeben würde. Sie waren in sein Reich eingedrungen. Dafür wollte er sie büßen lassen.

Im Moment hatten sie Ruhe.

Sogar Wilson konnte wieder sprechen, auch wenn die Stimme ebenso zitterte wie er selbst. Er deutete auf die Spitzen und suchte nach den richtigen Worten. »Wer ... wer hat das getan?«

»Nicht der Zombie«, sagte Bill.

»Aber so etwas ist doch nicht möglich!« schrie Robert. »Das ... das ... kann mir keiner erklären. Das gibt es nicht.«

»Sehen Sie doch, verdammt!«

»Und was machen wir jetzt?« Er drehte sich schnell um und starrte Bill ins Gesicht. »Wir müssen doch etwas tun. Bitte, wir können nicht einfach hier länger bleiben.«

»Wo wollen Sie denn hin?«

»Ich weiß es nicht. Nur weg!«

»Später.« Bill wußte, daß eine Flucht keinen Sinn hatte. Mandragoro war überall. Er würde sie immer finden können und hatte bestimmt noch mehr Tricks auf Lager.

Bill schaute zu Boden, obwohl er nicht viel sah. Doch die Vorstellung, daß plötzlich diese spitzen Gegenstände aus dem weichen Erdreich sich in die Höhe schieben könnten, um in seine Füße zu stoßen, ließ ihn erschauern.

Er bewunderte Truman Black. Der ältere Mann ertrug seine Verletzung ohne zu schreien. Er stöhnte nur leise. Er hielt das Bein gestreckt und hatte noch immer die Hände auf den Oberschenkel gepreßt.

»Fragen Sie nicht, wie es mir geht, Conolly«, sagte Black. »So ist es besser, als gefressen zu werden.«

»Stimmt.«

Black spie aus. Sein Gesicht verzerrte sich. »Können Sie mir sagen, wie es weitergehen soll?«

»Nein, kann ich nicht. Ich möchte auch hier weg, aber wie sollen wir das anstellen?«

»Keine Ahnung. Der Wagen fährt nicht mit vier zerstörten Reifen. Es sei denn, Sie lassen mich hier und versuchen es mit Robert zu Fuß.«

»Nein, auf keinen Fall. Wir lassen Sie nicht im Stich.«

Black lachte freudlos auf. »Wollen Sie mich vielleicht tragen?«

»Wenn es sein muß, schon.«

»Na danke.«

Bill klopfte Black auf die Schulter und leuchtete dann die Umgebung ab.

Im Moment war es friedlich. Zu friedlich schon. Der Lichtkegel tanzte auch auf dem Wagen herum, erhellte die Scheibe, die Kühlerhaube und wanderte schließlich über den Boden, wo er das Gras und die anderen Gewächse anmalte wie bleicher Mondschein.

Wilson hatte sich ebenfalls auf den Grill gesetzt. Er sprach flüsternd mit seinem Freund. Auf die Worte achtete Bill nicht, denn er dachte an John Sinclair und Suko. Beide waren wie vom Erdboden verschluckt. Als hätten sie genau gewußt, was geschehen würde, und sich deshalb in Sicherheit gebracht.

Hinter der Hütte sah Bill sie auch nicht. Dabei war er gut zu sehen, als er seine Lampe schwenkte. Nur ein Echo erhielt er nicht. Als hätte der See John und Suko geholt.

Bill Conolly ging davon aus, daß Mandragoro nicht aufgegeben hatte. Wenn es der Zombie schon nicht allein schaffte, dann mußte eben Mandragoro angreifen. Vielleicht waren John und Suko mit ihm zusammengetroffen.

Die Vorstellung gefiel Bill nicht. Unbewußt drehte er sich nach links und schaute den flachen Hang zum Wald hin hoch. Es war zu dunkel, um etwas erkennen zu können. Andererseits war der Wald wichtig. Er war so etwas wie die Heimat des Umwelt-Dämons.

Wo steckten die beiden?

Bill fluchte in sich hinein. Er bezweifelte, daß sie freiwillig fortblieben. Sie hatten sich überschätzt und waren in eine Falle gelaufen.

»Mr. Conolly?«

Wilsons Ruf paßte Bill zwar nicht, aber er ging

trotzdem zu ihm. Beide Männer hielten sich noch an der Grillstelle auf. Inzwischen hatte sich auch Truman Black erhoben. Er wurde von Wilson gestützt, der unter dem Gewicht des Freundes litt.

»Was ist denn?«

»Ich will nicht länger hier bleiben!« flüsterte der Verletzte. »Bitte, Sie müssen mich verstehen.«

»Klar, aber wohin wollen Sie?«

»Einfach nur weg hier. Zur Straße hin. Robert wird mich dabei unterstützen.«

»Das ist zu weit.«

»Auch wenn Sie helfen?«

Bill schüttelte den Kopf. »Bedaure, aber ich kann es nicht tun. Ich kann hier nicht weg.«

»Warum denn nicht?« flüsterte Wilson. »Sind Sie etwa lebensmüde?«

»Das nicht. Ich weiß nicht, was mit meinen Freunden geschehen ist.«

»Die gibt es bestimmt nicht mehr. Sie haben uns außerdem schmählich im Stich gelassen.«

Bill ärgerte sich über die Worte. »Reden Sie keinen Unsinn, Wilson! Keiner hat jemand im Stich gelassen. Sie werden ihre Gründe gehabt haben. Es kann auch sein, daß sie den Zombie längst stellen konnten und jetzt . . .«

»Dann hätten wir einen Schuß gehört!«

Black rutschte aus dem Griff seines Freundes und setzte sich wieder auf den gemauerten Grill. »Ich glaube auch, daß Sie recht haben, Mr. Conolly. Es ist unmöglich. Für mich zumindest. Ich kann es nicht schaffen. Die Wunde fängt an zu brennen. Vielleicht entzündet sie sich auch.« Er saß einen Moment still, wie jemand, der über etwas nachdenkt. Dann ging plötzlich ein Zittern durch seinen Körper, und sein Gesicht spiegelte Entsetzen wider.

»Verdammt, was ist das?«

»Was?« Bill trat näher.

»Mit meinem Bein. Nicht außen, sondern innen. Das ist Wahnsinn, das ist ...«

»Nehmen Sie die Hände weg!«

Black überlegte noch einen Moment, dann kam er der Aufforderung nach. Bill leuchtete die Wunde an. Es war nur wenig Blut herausgesickert, die Wunde war auch nicht groß, mehr punktförmig, aber in ihrem Innern, also im Bein selbst, mußte sich etwas tun, denn Blacks Gesicht war schmerzverzerrt. Tränen schimmerten in seinen Augen und er zitterte am ganzen Leib, während Bill sich gebückt und die Wunde angeleuchtet hatte.

An den Wundrändern tat sich etwas. Sie drängten sich hoch, so daß sie einen Wulst bildeten, dessen Ecken sich nach außen drehten.

Truman Black beugte den Oberkörper zurück. Er wäre auf den Grill gefallen, hätte Wilson ihn nicht abgestützt. Das rechte Bein zuckte, wie unter fremden Stößen, und plötzlich platzte die Wunde auf wie die Blüte einer Blume.

Blut schoß fontänenartig in die Höhe. Bill Conolly gelang es nicht mehr, sich in Sicherheit zu bringen. Er drehte den Kopf zur Seite, aber an der Brust wurde er trotzdem getroffen. Das war in diesem Moment unwichtig, denn in der Mitte des Oberschenkels war die Wunde jetzt um mehr als das Dreifache angewachsen. Aus dem Schenkel hervor drang etwas, das nicht zu einem Menschen gehörte.

Eine Pflanze drückte sich hervor. Ein Stiel, der zum

Ende hin wegknickte, an dem sogar kleine Blätter und auch winzige Dornen hingen, die in das Fleisch gestochen hatten.

Mit Blacks Beherrschung war es vorbei.

Er schrie gellend!

Ich lag noch immer auf dem Rücken, aber ich war nicht tot. Der Zombie hatte es nicht geschafft, mir das Genick zu brechen. Den Grund dafür hatte ich nicht mitbekommen, denn meine Erinnerung an die nächste Vergangenheit war für einige Sekunden unterbrochen worden. Nun war ich wieder da. Die Lage hatte sich verändert. Im Moment sah ich den Zombie nicht. Ich lag noch immer an der gleichen Stelle, aber ich war nicht allein, denn Suko lag ebenfalls neben mir.

Da wußte ich, wer mich gerettet hatte. Er und auch sein Stab, mit dem er die Zeit für fünf Sekunden hatte anhalten können. Er hatte den Zombie von mir weggeschleudert, aber ich bezweifelte, daß er ihn auch getötet hatte.

Sonst hätte er nicht neben mir gelegen und nichts getan.

»Suko, steh auf!«

»Verdammt, ich kann nicht!«

Er wollte es. Der Versuch mißlang und endete mit einem Fluch. So wie ich war auch Suko von diesen verdammten Lianen gefesselt worden. Nur nicht so stark wie ich.

Und der Zombie war da.

Er hatte sich wieder aufgerichtet, ließ sich jedoch Zeit, denn er wollte es genießen, uns zu vernichten. So etwas hätten wir uns in unseren schlimmsten Träumen nicht vorgestellt, beide zusammen hier am Waldrand zu sterben. Und alles deutete darauf hin.

Abermals startete Suko einen Versuch.

Er kam nicht weg.

Die verdammten Fesseln waren zwar weich, aber sie hatten sich sehr fest um seinen Körper gedreht. Nur ein kleines Stück kam er hoch, was den Zombie sehr interessierte, denn er glotzte uns mit seinen kalten Augen an.

Ich schielte zur Seite, weil ich mir Sukos Lage genau einprägen wollte. Im Prinzip lag er günstig. Direkt an meiner rechten Seite. Dort befand sich auch die Jackentasche, und darin steckte das Kreuz. Es mußte jetzt alles schnell gehen. Ich konnte mich nicht bewegen. Ganz im Gegenteil zu Suko. Der schaffte es noch besser, und das mußten wir ausnutzen. Es war die einzige Chance.

»Wie sieht es mit deinen Armen aus?«

»Es geht.«

»Greif in die Tasche. In meine Tasche. Das Kreuz. Du kannst es noch holen.«

Suko sagte nichts. Er handelte sofort. Ich spürte, wie er an meiner rechten Körperseite entlangtastete und seine Hand sich auf die Tasche zu bewegte. Sie war offen, die Klappe lag nicht außen, sondern innen, so konnte er seine Hand einigermaßen gut hineinrutschen lassen. Es kam jetzt wirklich auf Sekunden an, denn der Zombie war in seiner Gier nicht mehr zu halten.

Er stand auch nicht mehr. Den Rest der Strecke kroch er auf allen vieren auf uns zu.

Eine Klaue legte sich auf mein linkes Bein. Sie umfaßte die gesamte Wade.

»Mach schon!« keuchte ich.

Ich konnte es auch nicht ändern, aber bei diesem Griff und dem Gedanken an mein weiteres Schicksal stieg Panik in mir auf.

Suko hatte seine Hand in die Innentasche geschoben, und er umklammerte das Kreuz.

Ich merkte es deutlich.

»Raus damit!«

Der Zombie griff auch mit der anderen Hand zu. Er streckte seinen Oberkörper dabei vor, weil er in mein Gesicht fassen wollte.

Ich lag auf dem Boden. Ich kam nicht hoch, ich versuchte es noch einmal, aber vergebens. Der stinkende Atem wehte über mein Gesicht.

Plötzlich zuckte die Gestalt zurück. Es war ein Sprung nach hinten. Alles ging wahnsinnig schnell. Dumpf prallte sie auf den Boden, warf sich auf den Bauch und kroch davon wie ein Riesenwurm.

Ich hörte Suko zuerst lachen, dann sprechen. »Ich habe es, John, ich habe es frei . . .«

Ich schielte zur Seite. Erst jetzt sah ich das helle Schimmern des Silbers und wußte, daß wir beide gerettet waren. Wir hatten es hinter uns. Der Zombie würde nicht zurückkehren, aber noch waren wir gefesselt. Auch da wußte Suko einen Rat. Er war in der Lage, mit dem Kreuz seine Fesseln zu berühren. Dann schimmerte das Licht wie bei einer Lunte, nur explodierte hier nichts. Die pflanzlichen Fesseln verbrannten unter einem stinkenden Rauch. Sie kräuselten sich zusammen und fielen von ihm ab. Suko setzte sich sofort auf und drehte sich noch im Sitzen um, damit er mich anschauen konnte.

Ich sah sein Grinsen, dann nickte er und fragte: »Willst du hier noch liegenbleiben?«

»Mach keine Witze.«

Das Kreuz strich auch über meine Fesseln hinweg. Wieder verbrannten sie ohne Feuer und nur im Licht. Ich schaute zu, wie sie sich ebenfalls zusammenkräuselten, und dann hatte ich es endlich geschafft und konnte mich aufrichten. Ja, wir hatten einen Erfolg errungen. Nur etwas war uns nicht gelungen. Es war uns nicht möglich gewesen, den Zombie zu stellen. Er hatte die Zeit genutzt und war in den Wald geflüchtet, wo es unzählige Verstecke für ihn gab.

Beide standen wir auf. Ich schlug Suko auf die Schulter. »Danke, Alter.«

»Hör auf. Beim nächsten Mal bist du an der Reihe.« Er lächelte. »Hier, nimm dein Kreuz.«

»Manchmal sind wir richtig gut, nicht?«

»Ja, aber nicht gut genug. Der Kannibale ist verschwunden. Verdammt noch mal, er hat es wieder geschafft. Wenn das so weitergeht, bekomme ich noch die Krise.«

Eine Suche im Wald würde nicht viel bringen. Das war sein Revier. Zudem besaß er den perfekten Unterstützer. Aber Mandragoro hielt sich zurück. Ob aus Wut oder Enttäuschung, wir wußten es nicht. Jedenfalls war sein Prototyp noch nicht vernichtet, und der würde weiterhin seine menschliche Beute suchen. Noch standen zwei Zombie-Jäger auf seiner Liste.

Ich wünschte mir Scheinwerfer, die von verschiedenen Seiten gegen das Waldstück leuchteten und die gesamte Finsternis vertrieben. Das war leider nicht möglich, und so mußten wir uns innerhalb der engen Grenzen bewegen.

»Laß uns zu den anderen gehen!« sagte ich und fügte eine Frage hinzu: »Ist da alles in Ordnung gewesen?«

»Als ich wegging schon.«

»Das liegt leider länger zurück.«

Suko zuckte mit den Schultern. »Es trieb mich einfach raus. Du kennst das Gefühl, wenn man meint, etwas tun zu müssen, und das genau in dem Augenblick, in dem einen der Gedanke überfällt.«

»Ja, das kenne ich. Nur weiß ich leider auch, wozu Mandragoro fähig ist und daß er nicht zu denjenigen gehört, die so leicht aufgeben.«

»Was ist eigentlich mit deinem Burgfrieden?«

»Da sind die Mauern der Burg wohl eingebrochen.«

»Feindschaft?«

Ich zuckte die Achseln.

»Hört sich nicht gut an.«

»Was will man machen, Suko? Es ging nicht anders. Keiner konnte zulassen, daß er seinem verdammten Prototyp die menschliche Beute zuführt. Wo sind wir denn?«

Suko schwieg. Ich wußte, daß er ebenso dachte wie ich. Auf dem Weg zum See schauten wir ab und zu auch zurück, aber der Wald blieb stumm. Diesmal entließ er keinen Killer.

Auch der See lag völlig ruhig vor unseren Augen. Das Wasser bewegte sich kaum. Die grauen Dunstschleier trieben nach wie vor über das Wasser hinweg. Manche von ihnen sahen aus wie Geister, die einzufrieren begannen.

Wir hörten keine Stimmen. Wir sahen auch keine Bewegung an der Hütte. Dafür fiel uns der Range Rover mit den zerstochenen Reifen auf, der sich wie ein Kasten abhob.

Aber zwischen ihm und dem Unterstand klang ein schrecklicher Schrei auf ...

Robert Wilson hatte die Hände vors Gesicht gepreßt. Wenn er schrie oder jammerte, dann gegen seine Handballen. Derjenige, der unter dem Wahnsinn litt, war Truman Black. Er konnte einfach nicht wegsehen, und so wurden er und Bill Conolly Zeuge, wie sich aus seinem Schenkel die verdammte Pflanze nach oben drückte. Sie wurde immer breiter, sie vergrößerte dabei die Wunde und erhielt an ihrem oberen Ende sogar so etwas wie eine Krone.

Es war furchtbar. Selbst für Bill Conolly, der einiges in seinem Leben gewohnt war und erlebt hatte. Er konnte auch nichts zur Rettung des Mannes unternehmen. Es war ein Horror für ihn, das Leiden miterleben zu müssen.

Truman Blacks Schrei war zu einem Wimmern geworden. Er stand mit einem heftigen Ruck auf. Er verlagerte sein Gewicht auf das linke Bein, um festen Stand zu haben, verlor jedoch das Gleichgewicht, und dann knickte auch das rechte Bein einfach weg.

Zum Glück konnte Bill den Mann noch abfangen und ihn vor einem Sturz bewahren. Vorsichtig legte er ihn rücklings zu Boden. Truman Black blieb liegen. Sein Bein zuckte. Der Stoff der Hose riß mit einem häßlichen Geräusch, als der Druck zu groß wurde. Wieder war das Bein aufgeplatzt. Blut und kleine Fleischstücke spritzten hervor.

Robert Wilson war zur Seite gegangen. Er hatte sich auf den Boden gekniet und mußte sich übergeben.

Bill blieb in Blacks Nähe stehen. Seine Verletzung war schlimm, und er rechnete kaum damit, daß der Mann noch gerettet werden konnte, aber etwas anderes war ebenfalls furchtbar.

Er sah trotz der Dunkelheit das Gesicht des Mannes

und damit auch den Ausdruck der Gefühle, die sich auf den Zügen abzeichneten. Es war einfach grauenhaft. Die Augen flehten ihn um Hilfe an. Der Mund war halb geöffnet, und Black sah so aus, als wollte er um eine letzte Hilfe bitten, bevor es mit ihm zu Ende ging.

Bill konnte nichts tun. Blacks rechtes Bein war völlig verändert worden. Mandragoro hatte seine Saat gelegt, und er würde kein Zurück mehr kennen.

Der Hosenstoff war zerrissen. Es gab genügend Lücken. Durch keine schimmerte die normale Hautfarbe, denn sie hatte sich ebenfalls verändert. Sie war braun geworden und auch grün und erinnerte somit an die Rinde eines Baumstamms, der zu lange zur Wetterseite hin gerichtet war.

»Bitte, Conolly . . . bitte . . .«

Bill wünschte sich, daß Truman Black bewußtlos wurde, um all die Qualen nicht mehr erleiden zu müssen. Doch das Schicksal war gegen ihn; und so blieben dem Mann die Qualen leider nicht erspart.

»Ich . . . mein . . . Bein . . . ich werde es verlieren . . .«

Bill hätte ihm so gern Trost zugesprochen. Er wußte jedoch nicht, was er sagen sollte. Diese Qual eines Menschen mitzuerleben war einfach zu grauenvoll.

Black blieb nicht mehr ruhig liegen. Er wälzte sich jetzt von einer Seite zur anderen und hielt mit beiden Händen sein Bein am Oberschenkel fest.

»Es fällt ab!« schrie er. »Bei Gott, es fällt ab! Himmel, ich kann es nicht mehr . . .«

Er hatte recht.

Als er nach hinten rutschte wie von einer mächtigen Kraft getrieben, da traute Bill seinen Augen nicht. Bis hin zum Oberschenkel war das Bein abgefallen. Zwischen ihm und dem Körper gab es keinen Zusammenhalt mehr.

Das Grauen hatte Bill den Atem verschlagen, und auch Robert Wilson war sprachlos.

Er kniete noch immer am Boden, doch er hatte sich gedreht. Aus seinen Augen liefen Tränen. Der Mund zuckte, als hätte er Schläge aus dem Unsichtbaren erhalten.

Truman Black sagte nichts mehr. Bill befürchtete schon, daß Black tot war. Er bückte sich schnell und kontrollierte den Schlag der Aorta.

Nein, Black war nicht tot. Er war nur bewußtlos geworden. Für ihn das beste. Bill fragte sich jedoch, ob die Qual damit für den Mann ein Ende hatte oder es erst der Beginn einer schrecklichen Verwandlung des Zombie-Jägers war. Mandragoro hatte seine Macht bewiesen, und daran hatte auch John Sinclair nichts mehr ändern können.

Bill erhob sich wieder. Es würde weitergehen, davon war er überzeugt. Er glaubte nicht, daß Mandragoro Robert Wilson davonkommen lassen würde.

Er ging zu Wilson, um ihm hochzuhelfen. Die schnellen Schritte waren nicht zu überhören. Bill fuhr herum, getrieben von der Furcht. Er griff auch zur Waffe, konnte die Beretta jedoch steckenlassen, denn es waren John und Suko, die den Platz erreichten.

Der Reporter atmete erleichtert auf.

Wenige Minuten später wußten wir, was hier vorgefallen war, und mußten zugeben, daß wir auf der gesamten Linie nur zweiter Sieger geblieben waren.

Bill war geschockt, als er hörte, daß uns der Zombie

ebenfalls entkommen war. »Verdammt, sollen wir denn nur verlieren?«

Das wollte keiner, doch es lief alles genau in diese Richtung. Ich kümmerte mich um den Bewußtlosen. Er mußte so schnell wie möglich in ärztliche Behandlung. Aber es gab kein Krankenhaus in der Nähe. Wir hätten ihn zu unserem Wagen schleppen müssen, was auch viel Zeit gekostet hätte.

»Es geht nicht«, sagte Suko. »Wir müssen den Notarzt herholen.« Er hielt das Handy schon in der Hand. Es war die einzige Chance. Er telefonierte. Mich interessierte das abgefallene Bein. Im hellen Licht der Lampe untersuchte ich es näher. Es war kein Fleisch mehr zu sehen. Es hatte sich in eine fremde, grünbraune Masse verwandelt. Daraus ragten die Zweige mit den kleinen Blättern hervor. Mandragoro hatte sein verfluchtes Andenken geschickt.

Ich wollte es zerstören und hatte schon nach meinem Kreuz gegriffen, als etwas anderes passierte.

Ein Handy klingelte.

Es war der Apparat, der in Truman Blacks Tasche steckte. Der Ton erschreckte uns alle, aber ich war der erste, der reagierte, und griff zu.

»Ja, bitte ...«

Eine Frauenstimme meldete sich, die scheu den Namen des Handy-Besitzers aussprach.

»Nein, hier ist nicht Truman Black!«

»Wer denn?« rief die Frau voller Panik.

Erst jetzt erkannte ich ihre Stimme. Es war Laura Lintock, die anrief. »John Sinclair hier.«

»Sie ...« Diesmal klang es erleichtert. »Wie kommen Sie an Trumans Handy?«

»Das ist jetzt nicht wichtig. Bitte, Laura, was ist

geschehen? Ihre Stimme klingt nicht eben hoffnungsvoll.«

»Ich habe Angst.«

»Und weiter?«

»Was weiter?«

»Bitte, Sie müssen mir mehr erzählen. Daß Sie Angst haben, ist mir zu allgemein.«

»Ja, ja, weiß ich. Vor ihm habe ich Angst. Ich weiß, daß er hier ist. Er will mich ...«

Sie hatte keinen Namen ausgesprochen, trotzdem rieselte ein eisiger Schauer über meinen Rücken hinweg. Ich bemerkte das Zittern meiner Hände. Die nächsten Worte flüsterte ich in den Apparat.

»Ist es der Zombie?«

»Ja.«

Für einen Moment schloß ich die Augen. In meinem Innern schrie es auf. Ich stellte mir vor, was dieser Kannibale mit der Frau machen würde, wenn er in ihr Haus eindrang ...

»Sind Sie noch da?«

»Das bin ich. Bleiben Sie bitte ganz ruhig, auch wenn es Ihnen schwerfällt. Sie sind noch im Haus?«

»Sicher.«

»Und er?«

»Ich ... ich ... glaube. Er ist wohl draußen. Ich habe eine Gestalt durch den Garten huschen sehen. Es ist bestimmt kein normaler Einbrecher. Es ist dunkel, klar, aber ich habe ihn trotzdem erkannt. Er ist ja sehr groß, ehrlich. Das kann nur er gewesen sein.«

»Okay, ich komme. Ich bin so schnell wie möglich bei Ihnen. Es wird trotzdem dauern, weil wir uns hier am See aufhalten. Bleiben Sie nur im Haus. Versuchen Sie, sich zu verstecken ...«

»Bitte, kommen Sie schnell.«

»Ja, Laura, ja.«

Sie hatte die Verbindung schon unterbrochen. Ich steckte das Handy ein. Bill und Suko starrten mich an. Die beiden hatten den genauen Wortlaut des Gesprächs zwar nicht mitbekommen, doch meinen Antworten hatten sie entnehmen können, worum es ging.

Ich streckte Suko die rechte Hand entgegen. »Gib mir deinen Wagenschlüssel.«

Sekunden später lag er auf meiner Hand. Bevor ich weglief, klärte ich sie noch auf. »Der Zombie ist nicht im Wald. Wahrscheinlich schleicht er durch Laura Lintocks Garten.«

»Gütiger Himmel«, flüsterte Bill Conolly, aber das hörte ich schon nicht mehr ...

Laura Lintock hockte auf dem Boden und in einem toten Winkel. So konnte sie durch das Fenster des großen Wohnzimmers nicht gesehen werden. Zusätzlich stand ein Sessel als Deckung neben ihr. Sie atmete heftig. Sie blieb sitzen und stützte sich mit der Schulter an der Sesselseite ab. Ihr Gesicht war angespannt und schweißbedeckt. Sie ließ die letzten Ereignisse noch einmal Revue passieren.

Dabei wunderte sie sich, wie klar sie trotz ihrer Panik denken konnte.

Vor der Dämmerung hatte sie sich irgendwie gefürchtet. Dieses Gefühl war schleichend gekommen, wie eben die Dunkelheit, wenn sie den Tag verdrängt. Als sich die Männer aus London verabschiedet hatten, war sie noch guter Hoffnung gewesen, daß sie den verfluchten Kannibalen fingen und vernichteten. Dieses gute Gefühl jedoch war mehr und mehr verschwunden. Die Realität sah anders aus, und als es dann dunkel geworden war, hatte sie sich in ihrem Haus wie in einem Gefängnis gefühlt, das von mächtigen Feinden umgeben war.

Laura war immer froh gewesen, in einer ruhigen Straße zu leben. Dieses Gefühl war nicht mehr vorhanden. Jetzt lagen die Dinge anders. Der Garten war ein Ort der Einsamkeit und der Gefahr. Zur Vorderseite hin gab es zwar Licht, aber diese gelbe Streuung konnte sie nur als lächerlich ansehen.

Gegenüber lag ein Haus. Es wurde von einer Familie mit Kindern bewohnt, doch das Gebäude selbst war nicht zu sehen, weil es hinter hohen Bäumen versteckt lag.

Irgendwann war sie an das Fenster des Wohnzimmers getreten. Diese große Scheibe ließ eine freie Sicht auf den ebenfalls großen Garten mit all seinen Bäumen zu. Er erstreckte sich weit und endete erst an einem Acker, der früher einmal eine Schafweide gewesen war.

Dort lauerte die Finsternis. Kein Mensch verlief sich in diese düstere Ecke.

Es gab dort auch keine Lampe. Wenn es in der Dunkelheit heller wurde, dann lag es allein an den Gestirnen, und die waren an diesem Abend von grauen Wolken verdeckt.

Angst erfaßte sie wieder, als sie die Gestalt sah, die zwischen den Bäumen umherhuschte.

Ein Mensch und trotzdem keiner.

Er sah nur wie ein Mensch aus, aber er war größer als ein normaler. Sofort hatte sich Laura wieder an den schrecklichen Film erinnert. Durch ihn war ihr die Gestalt bekannt, und jetzt erlebte sie jemand, der mit den gleichen Bewegungen über das Grundstück irrte.

Er war gekommen, um sie zu holen. Ace war ihm nicht genug gewesen, er wollte auch seine Frau.

Der Anfall von Panik war so schnell nicht vergangen. Die Wellen der Furcht trafen sie wie mit einer Peitsche geschlagen. Laura hatte für einen Moment den Überblick verloren, und sie wäre beinahe aus dem Haus in die Dunkelheit gerannt.

Im letzten Augenblick hatte sie sich anders besonnen.

Sie ging davon aus, daß der Kannibale einen gewissen Instinkt und eine Witterung besaß, die es ihr unmöglich machte, die Flucht zu ergreifen. Er würde sie immer kriegen, wo sie auch hinlief und sich zu verstecken versuchte.

Deshalb blieb sie im Haus, und es kam ihr der Gedanke, Truman Black anzurufen.

Warum hatte er sich nicht gemeldet? Warum hatte sie nur mit John Sinclair sprechen können? Was war mit Black passiert? War er auch zu einer Beute des verfluchten Kannibalen geworden?

Sie konnte kaum klar denken; sie war zu durcheinander. Aber sie erinnerte sich an Sinclairs Worte. Es war vielleicht gut, was er ihr geraten hatte. Sich zu verstecken, dem anderen nicht unbedingt die Chance zu geben, sie von draußen zu sehen.

Im Wohnzimmer brannte kein Licht mehr. Sie hatte es nach der ersten Entdeckung des Kannibalen ausgeschaltet. Auch jetzt ging sie vorsichtig zu Werke. Laura schob den auf dem Boden stehenden Telefon-Apparat zur Seite und kroch über den Teppich hinweg auf das Fenster zu. Und zwar zur linken Seite hin, denn dort befand sich das Band, mit dem sie das Rollo herablassen wollte.

Vor dem Band blieb sie knien.

Dann hob sie die zitternden Arme und umklammerte das Band. Auch wenn es nicht einfach war, sie ließ im Knien das Rollo herab und lauschte dabei dem dumpfen Geräusch.

Die einzelnen Lamellen fielen hart aufeinander, so daß sie keinen Spalt bildeten, durch den jemand hätte schauen können. Laura Lintock fühlte sich jetzt etwas besser und traute sich auch, die Stehlampe in der Ecke einzuschalten.

Ein Geräusch erschreckte sie. Eigentlich nichts Schlimmes, eher normal, aber das Geräusch war ausgerechnet vom Fenster her aufgeklungen. Jemand mußte draußen sein und das Rollo berührt haben. Oft genug wehte der Wind leichte Gegenstände vor das Rollo, aber nicht an diesem Abend, da war es windstill.

Sie hielt den Atem an und lauschte angespannt.

Das Geräusch wiederholte sich nicht.

Hatte sie sich geirrt?

Laura hatte zur Tür gehen und abschließen wollen, da wiederholte es sich. Diesmal blieb es nicht nur bei dem leichten dumpfen Aufprall. Es hörte sich jetzt kratzend an, wie von langen Totenfingern verursacht, die außen über den Kunststoff des Rollos hinwegstrichen.

Jetzt wußte sie, daß sie sich nicht geirrt hatte. Draußen im Garten hielt sich jemand auf.

Er war es – der Zombie!

Wieder kehrte die Panik zurück. Laura wußte nicht,

wie sie sich verhalten sollte. Alle guten Ratschläge waren für sie Makulatur geworden. Es gab keinen Ausweg. Zumindest nicht nach hinten hinaus.

Nach vorn?

Schluß! Kein Kratzen mehr. Die Stille empfand sie ebenfalls als beängstigend.

War der Kannibale weg?

Nein, das glaubte sie nicht. Er würde sich nur etwas anderes einfallen lassen. Er hatte bemerkt, daß er nicht so einfach durch das Rollo hindurchkam, jetzt suchte er nach einem anderen Weg.

Mit leisen Schritten verließ Laura das Wohnzimmer. Ihr Mann war Jäger gewesen. Er war im Besitz von Waffen und auch einem Waffenschein. Eine Pistole lag in seinem Nachttisch.

Laura hatte nie selbst geschossen, weil sie es haßte, auch nur eine Schußwaffe berühren zu müssen. In diesem Fall zählte das nicht mehr für sie.

Bad, Schlaf- und Gästezimmer verteilten sich in der ersten Etage. Es kostete sie Zeit, dort hochzulaufen und die Waffe zu holen. Sie war stets geladen, das wußte sie. Sie kannte sogar den Namen der Pistole. Es war eine Luger.

Hastig zerrte sie die Schublade des Nachttischs auf.

Dann nahm sie die Pistole heraus. Sie lud die Waffe durch. Sie ist immer geladen, hatte Ace ihr erklärt, und warum sollte das an diesem Abend anders sein?

Die Mündung der Luger wies schräg nach unten, als Laura zur Schlafzimmertür ging.

Auf der Schwelle hielt sie an.

Der Blick in den Flur brachte nichts Neues. Das Licht fiel auf keine Gestalt, und auch an der Treppe stand niemand.

Laura ging auf die Treppe zu.

Steif, auch zitternd. Vor der obersten Stufe hielt sie an. Auch von hier konnte sie unten im Flur das Licht einschalten, das sie jetzt tat. Die Dunkelheit wurde vertrieben, und sie stellte zunächst erleichtert fest, daß der Flur völlig leer war.

Sie ging die Treppe hinab.

Dort malte sich die Haustür ab.

Es war eine dicke Tür. Keine Scheibe ließ den Blick nach draußen oder nach innen zu.

Dann passierte es.

Ein Krachen und Splittern. Zugleich bewegte sich die Tür nach innen. Sie fiel einfach in das Haus hinein, von einer irren Wucht getroffen. Als hätte ein Riese mit seinem Fuß dagegengetreten.

Die halb zerstörte Tür fiel ihr entgegen. Holzsplitter flogen auch durch die Luft, doch das alles war zweitrangig, denn zusammen mit der Tür war er gekommen.

Diesmal gab es für Laura keinen Zweifel.

Es war der Zombie-Kannibale!

Sie hatte sich auf dem Weg nach unten so einiges vorgestellt und ausgemalt, wie sie reagieren würde, wenn sie dem Monster plötzlich gegenüber stehen würde. Obwohl es sie nicht interessiert hatte, war ihr von ihrem Mann beigebracht worden, wie sie eine Waffe zu halten hatte. Das alles war jetzt vergessen, als der Ernstfall eintrat.

Zum Greifen nahe stand es vor ihr.

Ein Ungetüm. Ein Untier. Ein Wesen, das faul und modrig stank. Es stand da und glotzte sie aus seinen hellen, eisigen Augen an. Eine völlig nackte Gestalt mit einem knotigen Gesicht und einem Maul, das wie ein dunkles Loch aussah.

Der Zombie sagte kein Wort, aber seine Absicht war klar, sonst hätte er sein Maul nicht so heftig bewegt. Sie hörte auch widerliche schmatzende Geräusche. Wenn sie sich vorstellte, daß er sie angreifen und auch ...

Sie schoß!

Es war mehr ein Reflex, als bewußt gewollt. Sie hatte den fürchterlichen Gedanken einfach nicht zu Ende denken können. Alles in ihr hatte sich dagegen gesträubt, und da gab es einfach nur diese Alternative.

Zuerst wunderte sich Laura, wie leicht es ihr fiel, ein Ziel zu treffen. Die Waffe hatte in ihren Händen zwar geruckt, auf Grund der nahen Distanz war der Zombie jedoch erwischt worden. Er torkelte zurück. Dabei riß er seine Arme in die Höhe, um am oberen Türrahmen Halt zu finden. Er rutschte aber ab und fing sich einen Moment später eine zweite Kugel ein.

Die trieb ihn ins Freie!

Plötzlich hatte sich die ängstliche Frau in eine Rächerin verwandelt. Die Angst war weg. Etwas trieb sie ebenfalls nach draußen. Sie schritt über die herausgerissene und zerstörte Tür hinweg und sah den Kannibalen auf dem Weg hocken. Er war gerutscht, gestolpert, wie auch immer, aber seine Haltung kam ihr gerade recht.

Laura blieb stehen, richtete die Waffe nach unten und schoß ihm in den Kopf.

Auch dieses Geschoß traf. Laura hörte sich selbst laut schreien, und es klang triumphierend.

Dann feuerte sie noch einmal.

Und wieder.

Laura Lintock war nicht mehr sie selbst. Sie war zu einer Maschine geworden und hörte erst auf, als das Magazin leer war. Danach erwachte sie wie aus einer Trance. Zumindest fühlte sie sich so. Sie starrte auf den Kannibalen, der ebenso wie sie vom Licht der Außenleuchte gestreift wurde.

Er saß nicht mehr, sondern lag jetzt am Boden. Die Einschlagwucht hatte ihn zur Seite getrieben. Seine Beine lagen noch auf dem Pflaster, der Oberkörper auf der weichen Vorgartenerde.

Er war weg. Er war tot.

Ich habe ihn geschafft! Ich habe ihn vernichtet! Die Gedanken schossen durch ihren Kopf und entzündeten dort ein regelrechtes Feuerwerk. Sie fühlte sich plötzlich wie aus der Hölle in den Himmel geholt. Es war so herrlich. Laura erlebte einen regelrechten Taumel und mußte sich an der Hauswand abstützen.

Trotz des Krachs schien niemand die Schüsse gehört zu haben. Auf der Straße blieb es ruhig, und Nebelschwaden trieben wie Totengeister aus dem Jenseits über die Fahrbahn.

Sie weinte. Die Tränen kamen so plötzlich. Vielleicht waren sie ein Zeichen der Erleichterung oder auch eine Folge des Wissens darüber, daß sie, Laura, und keiner der Fachleute ihren Mann gerächt hatte. Das alles wirbelte durch ihren Kopf.

Es gab ihn noch, aber er würde keinem mehr gefährlich werden können. Dieser Gedanke machte sie stark. Laura öffnete wieder die Augen, die sie in den letzten Sekunden geschlossen gehabt hatte. Sie stieß sich vom Eingang ab. Sie verspürte den Drang, durch den Vorgarten auf die Straße zu gehen. Dort wollte sie jubeln und irgend etwas anderes tun.

Freude und Trauer zugleich hinausschreien, um zu zeigen, daß sie es allen bewiesen hatte.

Laura passierte den Kannibalen.

Plötzlich richtete sich die ›Leiche‹ auf!

Laura hatte es nicht richtig mitbekommen. Es war mehr eine Ahnung gewesen, ein huschender Schatten war ihr aus dem Augenwinkel aufgefallen. Instinktiv drehte sich die Frau nach links.

Der Zombie stand wieder auf den Beinen.

Mit der rechten Hand griff er nach ihr.

Darüber, daß sie sich mit einem Sprung in Sicherheit brachte, wunderte sich Laura selbst. So faßte er ins Leere, aber er setzte sofort nach.

Seine Klaue ratschte über ihr Kleid und hakte sich zum Glück nicht am Stoff fest, sondern glitt ab. So konnte Laura flüchten. Sie rannte mit der leergeschossenen Waffe in der Hand durch den Vorgarten und dann auf die Straße, wobei die Panik in ihr hochjagte wie ein Stromschlag …

Zwar gehören BMW und Rover zu einem Konzern, aber es gab doch Unterschiede. Die merkte ich, als ich Sukos Spielzeug gestartet hatte und losgefahren war.

Ich gab Gummi!

Zum Glück hatte Mandragoro nicht mehr eingegriffen. So war es mir gelungen, den Wagen ohne Zwischenfälle zu erreichen, und jetzt hoffte ich, nicht zu spät zu kommen. Ich ›flog‹ dahin. Den Blick auf den Tacho verkniff ich mir und atmete erst durch, als ich Kirkland erreicht hatte. Zum Glück hatten wir Laura schon einen Besuch abgestattet, so kannte ich den Weg und brauchte nicht lange zu suchen.

Als ich das Ziel erreichte, stockte mir der Atem.

Ich sah zwei Personen im grellen Fernlicht.

Laura Lintock und den verfluchten Zombie-Kannibalen.

Beide liefen über die Straße hinweg. Laura war auf der Flucht, aber sie würde ihm nicht entkommen, denn mit jedem Schritt kam er ihr auch näher.

Ich drückte auf die Hupe!

Das Signal hätte Tote erwecken können, so laut war es. Das hatte ich nicht vor. Ich wollte nur versuchen, den verfluchten Kannibalen abzulenken, und mein Hupen störte ihn tatsächlich.

Er blieb stehen.

Laura rannte einfach weiter, was gut so war.

Der Zombie aber drehte sich um. Er starrte direkt gegen das grelle Licht und war irritiert worden.

Hätte ich in einem anderen Wagen gesessen, ich hätte ihn sicher überfahren. So aber war es Sukos BMW, und ich wollte nicht, daß er Schaden nahm.

Deshalb trat ich auf die Bremse.

Der BMW gehorchte auch jetzt. Er geriet nicht aus der Spur. Ich schnallte mich los, noch während er sich in Bewegung befand. Dann stieß ich die rechte Tür auf und schnellte mich aus dem Fahrzeug. Ich konnte mich fangen, fuhr in die Höhe und zog noch in der Bewegung die Beretta.

Der Kannibale hatte sich nicht gerührt. Meiner Ansicht nach mußte ihn das grelle Licht gestört haben. Im Vergleich zu unserer ersten Begegnung sah er verändert aus. Die Gestalt und auch der Kopf kamen mir deformiert vor. An verschiedenen Stellen war etwas gegen ihn geschlagen. Wahrscheinlich Kugeln aus einer Handfeuerwaffe. Ich erinnerte mich daran,

Laura mit einer Pistole oder einem Revolver gesehen zu haben.

Diesmal schoß ich.

Keine Frage, keine Warnung. So eine gute Zielscheibe erhielt ich selten. Ich stand neben der Fahrerseite und feuerte dabei über die Kühlerhaube hinweg.

Die erste Kugel setzte ich in die breite, knotige Brust. Die zweite erwischte den Kopf, und beide Einschläge waren von einem hellen Blitzen begleitet. Es war schon ein Unterschied, ob er von einer normalen Bleikugel oder von einem geweihten Silber-Projektil getroffen wurde. Er tanzte unfreiwillig. Er riß die Arme hoch und wankte steif zurück. Ich lief ihm dabei nach und schoß noch ein drittes Mal auf ihn.

Die Kugel durchschlug seinen Hals. Als wäre sie genau die Initialzündung gewesen, so zuckten die kleinen Flammen genau dort auf, wo ihn die Kugeln erwischt hatten. Sie blieben nicht klein. Urplötzlich schnellten sie zu allen Seiten hin weg und verwandelten sich in einen regelrechten Feuersturm, der den Kannibalen in Brand setzte.

Ich konnte es selbst kaum fassen, wie einfach es letztendlich war, ihn zu vernichten. Nur hatte ich ihn dafür erst vor die Mündung bekommen müssen.

Er verbrannte zu Asche. Der Widerschein glitt hinein in das Fernlicht, durch das auch stinkender Rauch trieb. Ich sah Laura Lintock von der anderen Seite her auf mich zukommen und hörte dann eine Stimme in meinem Kopf.

Leise und sehr weit entfernt.

»Du hast mir etwas genommen, John Sinclair. Ich werde es nicht vergessen ...«

Mehr hörte ich nicht.

Es reichte jedoch aus, um mir einen kalten Hauch über den Körper zu blasen. Sekunden später lag die tapfere Laura Lintock weinend in meinen Armen . . .

Eine knappe Stunde später trafen auch Suko und Bill ein, zusammen mit den Kollegen von der örtlichen Polizei. Bill kümmerte sich um Laura, während Suko mich zur Seite zog. »Ich bin ja nur froh, daß euch nichts passiert ist«, sagte ich.

»Mandragoro wollte uns wohl nicht.«

»Kann ich verstehen.«

»Wieso?«

»Das erzähle ich dir später.«

»Wilson hat einen Schock erlitten. Black liegt im Krankenhaus. Vorläufig noch hier. Er wird später in eine Spezialklinik gebracht werden müssen.«

»Kann man ihn retten?«

»Ihn vielleicht, das Bein nicht mehr. Und wie hast du es geschafft, den Zombie zu vernichten?«

»Es war ganz simpel. Durch geweihte Silberkugeln. Ich hätte selbst nicht damit gerechnet, aber er ist wahrscheinlich noch nicht ganz perfekt gewesen.«

»Dann müssen wir damit rechnen, daß Mandragoro noch einmal von vorn beginnt?«

»Ich fürchte, ja. Oder kennst du einen Dämon, der aufgibt, so lange er noch existiert?«

»Nein«, sagte Suko, »leider nicht. Ich befürchte, daß das auch immer so bleiben wird . . .«

ENDE

Zwölf Gräber waren auf verschiedenen Friedhöfen in der Stadt geschändet worden, bis wir endlich eine Spur des Knochenräubers fanden. Sie führte uns zu einem Mann, der Warlock hieß und die Sekte Atlantis gegründet hatte.
Dies war ein Vorwand. Tatsächlich wollte Warlock das Erbe des Schwarzen Tods übernehmen. Dafür nahm er alles in Kauf.
Wie unsere Freundin, die Staatsanwältin Purdy Prentiss, hatte auch Warlock schon in Atlantis gelebt. Er glaubte, das Wissen zu haben. Er hatte sich überschätzt. Er trat das Erbe des Schwarzen Tods nicht an. Dafür mutierte er zu einer horrorhaften Gestalt – dem Blut-Skelett . . .

ISBN 3-304-73230-8

BASTEI LÜBBE

Dieser Band enthält folgende JOHN-SINCLAIR-Romane:

Die Totenpriester
Die Blutorgel
Mannequins mit Totenaugen
Horrortrip zur Schönheitsfarm
Dämonen im Raketencamp
Ein schwarzer Tag in meinem Leben
Fenris, der Götterwolf
Hotel zur dritten Hölle

John Sinclair und Suko schaffen es in Los Angeles nicht, das magische Pendel des Erddämons Izzi an sich zu bringen. Auf dem Weg nach San Francisco entdecken John und Suko die Blutorgel des Asmodis und zerstören sie. In Paris auf einer Modenschau wird Lady X zur Vampirin. John begegnet dem Goldenen Samurai, und Suko wird Inspektor bei Scotland Yard. Nadine Berger wird getötet, und auf ihrer Beerdigung fährt ihre Seele in den Körper eines Wolfes. Im letzten Roman retten John und Suko Will Mallmann, als sie im ›Hotel zur dritten Hölle‹ einen Kometenstein zerstören . . .

ISBN 3-404-73924-8

BASTEI LÜBBE